Bruno Moebius

Herbstflug

D1873065

Impressum

Druck und Verlag: epubli GmbH, Berlin, www.epubli.de

ISBN 978-3-8442-3275-2

Für Rikki !

Herbstflug

Roman

von

Bruno Moebius

Ich ließ mich rücklings auf das breite Bett fallen und stieß die Luft aus, bis der letzte Rest an verbrauchtem Atem meine Lungen verlassen hatte.

Ich hatte gewusst, dass es schrecklich sein würde, aber nicht, wie schrecklich.

Es war nicht die erste Katastrophe, in deren Sog ich mit Opfern, Hinterbliebenen und sonstigen Leidtragenden konfrontiert worden war, doch diesmal nahm es mich ärger mit als je zuvor.

Man meint, dass Journalisten mit den Jahren immer abgebrühter werden, ähnlich wie Notfallärzte, Polizisten oder Rotkreuzhelfer, doch an manches gewöhnt man sich nie, und ich merkte soeben, dass ich mich nicht nur nicht daran gewöhnt hatte, sondern sogar noch empfindlicher geworden war.

Lag es daran, dass ich selbst eine schwere Zeit hinter mir hatte? Oder lag es vielmehr daran, dass ich mich noch mitten in dieser Zeit befand?

Meine Versetzung nach München war eine Art von Flucht gewesen, Flucht aus der Umgebung, die mich an die Trümmer meiner Ehe erinnerte, und aus dem Einflussbereich eines Mannes, mit dem mich zwar manches verband, der es aber verstanden hatte, mich an sich zu binden, als ich mich nicht mehr binden lassen wollte.

Es war auch eine Flucht vor einem anderen Menschen gewesen, den ich verletzt hatte - gegen meine Absicht, aber unfähig, es nicht zu tun, als es an mir lag, zu ihm zu stehen und zu meiner Liebe zu ihm.

Es war eine Flucht vor mir selbst gewesen, und ich war immer noch auf der Flucht, wie ich nun wusste.

Ich hatte mich in München recht gut eingelebt, aber ein paar oberflächliche Affären und gelegentliche Besäufnisse konnten mich nicht darüber hinweg täuschen, dass ich mich einsam fühlte. Meine Arbeit, in die ich mich regelrecht gestürzt hatte, war ein Teil der anfänglichen Selbsttäuschung, denn wer den Journalismus im Blut hat, ist ein Junkie, der die Droge nicht lassen kann, auch wenn sie ihn kaputt macht.

Also war ich ohne zu zögern in mein kleines Auto gestiegen und zum Flughafen gerast, als die Meldung von dem Absturz einer Chartermaschine beim Landeanflug auf den Franz-Josef-Strauß-Airport hereinkam.

Ich war schnell gewesen, aber nicht schnell genug, denn als ich ankam, war das Gelände schon gesperrt, und ich hatte es es allein deshalb geschafft, in die Ankunftszone zu gelangen, weil ich mich geistesgegenwärtig als verzweifelte Angehörige ausgab. Es hatte gereicht, mir die Haare zu raufen und meine Bluse weiter zu öffnen als man es von einer anständigen Mittdreißigerin erwartete, und schon war ich dahin eskortiert worden, wo die wirklichen Angehörigen versammelt waren.

Und dann hatte ich, das kleine Diktiergerät in meiner

Hand, da gestanden wie angewurzelt, unfähig, auch nur einen Schritt auf einen der Menschen zu zu machen, um ein paar Antworten auf meine Fragen aufzuzeichnen. Welche Fragen? Konnte man beim Anblick der rauchenden Trümmer jenseits der Landebahn auch nur eine einzige Frage stellen?

Irgendwie hatte ich es geschafft, aus dem Gebäude hinaus und zu meinem Auto zu gelangen, loszufahren, und dann hatte ich gespürt, dass ich am ganzen Leib zitterte. Es war mir unmöglich erschienen, in dieser Verfassung zurück nach München zu fahren, also hatte ich Freising, den nächst gelegenen Ort, angesteuert und diese Pension gefunden...

Ich atmete einige Male tief durch, dann setzte ich mich auf.

Nein, ich würde keinen meiner üblichen Berichte abliefern, auch wenn ich dazu keine Interviews gebraucht hätte. Ich konnte nicht mehr. Ich hatte endgültig genug!

Es musste noch etwas Anderes im Leben geben, als die immer gleich erdrückende Verzweiflung in immer gleich unzureichenden Worten zu beschreiben, gemessen nach gedruckten Zeilen, für die man bezahlt wurde.

Mein Blick fiel auf die kleinen Bildchen von Heiligen, die ringsum an den Wänden hingen, auf die Bibel und ein zweites kleines Buch auf dem Nachtkästchen, und kurz entschlossen öffnete ich die Schublade des Schränk-

chens, um die Bücher hinein zu legen. Ich legte die Bücher überrascht wieder hin, als ich den Laptop darin sah.
Bisher hatte ich noch nie einen Laptop im Nachtkästchen eines Hotelzimmers vorgefunden, und in dieser kleinen, abgelegenen Pension konnte das wohl keinesfalls zum Service gehören. Ich hob das Gerät aus der Schublade und legte es auf den Tisch in der Ecke des Zimmers. Ein grün leuchtender Mond auf dem Deckel verriet mir, dass sich der Computer im Schlafmodus befand, und ich schloss daraus, dass der vorherige Bewohner des Zimmers ihn wohl in der Schublade vergessen haben musste.
Mein erster Impuls war, das Ding zur Zimmervermieterin zu bringen, doch der Eigentümer des Laptops war bestimmt schon abgereist, sonst hätte ich das Zimmer ja nicht beziehen können, und da kam es doch wohl auf ein paar Minuten nicht an. Meine Neugier war erwacht, und ich klappte den Deckel auf.
Es dauerte etwa eine Minute, bis das Display zum Leben erwachte und das Bild einer attraktiven Frau mittleren Alters zeigte, die, in einen Bademantel gehüllt, auf einem Bett saß und dem Fotografen entgegen lachte. Ringsum waren Programmsymbole angeordnet, von denen mir die meisten vertraut waren. Ich klickte auf das Symbol für den Arbeitsplatz, und da erlebte ich die erste kleine Überraschung, denn außer den Verzeich-

nissen, die das Betriebssystem benötigte, war ein einziges zu sehen, das der Eigentümer des Laptops angelegt haben musste. Es hieß "Helene".
Ich zögerte. Bis hierher konnte ich mich noch damit rechtfertigen, dass ich nach Hinweisen, wem der Computer gehören mochte, suchte, doch das Verzeichnis "Helene" roch förmlich danach, dass es sehr privat sein würde. Hatte ich nicht erst vor wenigen Minuten beschlossen, diesem Journalismus, der nicht vor intimen Gefühlen, vor privatem Leid Halt machte, adieu zu sagen? Hatte ich nicht festgestellt, dass ich mich in dieser schmutzigen Arbeit vergraben hatte, weil ich mich selbst schmutzig fühlte?
Ich klappte den Deckel zu und das Gerät versank wieder in Schlaf, doch der grüne Mond blinkte heftig. Die Batterie würde bald leer sein, und dann...
Würde man ein Passwort benötigen, um neu zu starten? Was dann?
Ich suchte in der Schublade nach einem Ladekabel, aber es war keines da. Ich brauchte dringend Strom für das Notebook!
Mir fiel mein eigenes ein, das ich im Auto hatte. Vielleicht passte ja das Ladekabel!
Ich rannte aus dem Zimmer, kehrte auf der Treppe um, weil ich den Autoschlüssel in meiner Handtasche hatte, die auf dem Bett lag, dann endlich hastete ich nach unten, riss die Notebooktasche an mich und rannte wie-

der nach oben.
Der Stecker des Ladekabels passte, und als ich das andere Ende in die Steckdose steckte, ertönte ein Piepton und das Blinken des Mondes hörte auf.
Geschafft!
Mir wurde bewusst, dass ich das Gerät so unbedingt hatte am Leben erhalten wollen, weil ich wissen wollte, was sich in dem Verzeichnis "Helene" verbarg. Ich wollte kein Kapital mehr aus irgend welchen privaten Geheimnissen schlagen; nur für mich wollte ich es wissen. Irgend etwas drängte mich dazu, als hätte der Laptop geradezu darauf gewartet, dass ich ihn entdecken würde.
Nun, da das Gerät wieder Strom hatte, kam ich ein wenig zur Ruhe.
Ich holte eine Packung Zigaretten aus meiner Handtasche, rauchte mir eine Zigarette an, und dann fiel mir erst ein, dass ich ja schon beim Betreten des Hauses überall Schilder mit dem Nichtraucherzeichen gesehen hatte. Auch hier im Zimmer, innen an der Tür, hing eines, aber auf der Veranda vor dem Zimmer sah ich ein kleines Tischchen, auf dem sogar zwei Aschenbecher standen.
Es war beinahe Ende Oktober, und obwohl es ein warmer, sonniger Tag gewesen war, war es jetzt, da die Sonne bald untergehen würde, schon ziemlich kühl geworden, also holte ich einen der Aschenbecher ins Zim-

mer herein und ließ die Tür einen Spalt breit offen, um den Rauch abziehen zu lassen. Dann setzte ich mich an den kleinen Tisch und klappte den Deckel des Laptops auf.
Ich klickte auf das Ordnersymbol, worunter "Helene" stand, und als sich ein neues Fenster öffnete, zeigte es mir weitere Ordnersymbole mit den vier kleinen Vorschaubildern, die verrieten, dass sich Fotos oder Ähnliches darin befinden mussten. Jeder dieser Ordner trug einen Namen, in dem "Helene" vorkam...
Davon abgesehen war nur noch das Symbol einer einzigen Textdatei mit der Bezeichnung "Mails" zu sehen.
Ich schwankte kurz zwischen der Neugier, wie Helene wohl aussehen mochte, und der, was in den Mails zu lesen wäre, und ich entschied mich für die Textdatei, da ich davon ausging, dass das Foto auf dem Desktop wohl Helene zeigte und ich somit ohnedies schon einen ersten Eindruck von ihrem Äußeren hatte.
Also klickte ich auf das Dateisymbol, und die Datei öffnete sich...

*

Dienstag, 15. April 2003

Liebe Helene,

ich wünsche Dir zu Deinem Geburtstag alles Liebe und Gute!
Ich hatte erst vor wenigen Tagen einen triftigen Grund, von Dir zu sprechen, und das war wohl ein Fingerzeig von oben, dass ich Dir nach so langer Zeit endlich einmal sagen sollte, dass du einer der wichtigsten Menschen in meinem Leben bist, wo Du auch sein magst.
Lebe das Leben, denn Du hast nur eins, und genieße es, denn es ist viel zu kurz, um verschwendet zu werden!

Dein Paul.

*

Dienstag, 15. April 2003

Hallo, lieber Paul,

dein Email hat mich schon sehr überrascht, und es freut mich auch wahnsinnig, von dir zu hören.
Was treibst du denn so, wo lebst du?
Ich habe 1983 den Absprung aus meiner Ehe geschafft und mich 1984 auf den Weg gemacht um ein oder zwei Saisonen in Griechenland zu bleiben. Ich bin noch immer da, auf der schönen Insel Chios, bin seit 1986 verheiratet mit einem Griechen! Ich habe eine Shiatsu-Ausbildung gemacht - mit Diplom und allem Drum und Dran - und habe eine Praxis für verschiedene Körpertherapien.
Wenn du Lust hast, sieh dir meine Homepage unter www.helenewolf.com an; da kannst du sehen, was ich so treibe.
Ich reise noch immer viel herum. Meine neue große Liebe ist Nepal, vor allem die Berge dort.
Ich bin richtig wandersüchtig.
Ich komme auch immer wieder gerne nach Wien, um Freunde zu sehen und um mich weiterzubilden.
Eben war ich zwei Monate in Wien und Wiesbaden. Ich würde mich sehr freuen, dich bei meinem nächsten Besuch zu sehen.
Schick doch bei Gelegenheit eine Telefonnummer, unter

der ich dich dann erreichen kann.
Ich weiß zwar nicht, wann ich wieder nach Österreich kommen kann, denn ich merke schon einen Geschäftsrückgang durch die Wirtschaftskrise, aber die Saison hat eben erst begonnen; das erwartete Ostergeschäft ist allerdings ausgeblieben.
Mich würde natürlich der triftige Grund, von mir zu sprechen, interessieren, und wie du zu meiner Email-Adresse gekommen bist.
Ich fühle mich geehrt, dass ich ein so wichtiger Mensch für dich war und bin.
Ich hoffe, ich höre wieder von dir!
Anbei noch ein paar Fotos von der Umgebung, in der ich lebe.
Ich hoffe, du erkennst mich noch; ich bin leider auf den meisten Fotos nur sehr klein zu sehen.

Alles Liebe,
Helene

*

Datum und Inhalt der Mails waren in die Textdatei kopiert worden, und ich wusste nun, dass die Beiden Paul und Helene hießen, einander schon sehr lange kannten, aber zumindest seit einiger Zeit vor 1984 bis vor ein und einem halben Jahr keinen Kontakt zu einander gehabt hatten, ehe der Glückwunsch zum Geburtstag abgeschickt worden war.
Wie war dieser Paul bloß darauf gekommen, nach offensichtlich mehr als zwanzig Jahren ohne Kontakt zu Helene, ihr zum Geburtstag zu gratulieren?
Helene hatte sich das auch gefragt, und ich war gespannt, ob und wie Paul darauf antworten würde, also scrollte ich nach unten und las weiter.

*

Freitag, 18. April 2003

Liebe Helene,

ich hatte schon vor längerer Zeit die Idee, dich mit Hilfe des Internets aufzuspüren, und es war auch nicht allzu schwer. Google macht's möglich...
Daher wusste ich auch schon von deiner Shiatsu-Sache und kannte deine Email-Adresse, aber erst jetzt konnte ich mich dazu durchringen, mich tatsächlich bei dir zu melden. Dein Geburtstag, den ich nie vergessen habe, war mir ein willkommener Anlass; vom anderen Anlass erzähle ich später.
Deinen "Absprung" aus der Ehe habe ich noch mitbekommen - wir sind einander ja eines Abends zufällig vor einem Lokal begegnet, falls du dich erinnerst, aber da war keine Gelegenheit, viel mit einander zu reden. Gerüchteweise habe ich später auch vernommen, dass du möglicherweise in Griechenland sein könntest, und ich fand, das passte zu dir - besser als in Wien zu ersticken.
Ich lebe noch immer in Wien. Und manchmal denke ich, dass ICH hier ersticke.
Glücklicherweise bin ich seit etwas mehr als einem Jahr "zweite Besetzung" in einem Tourneetheater, d.h. dass ich schauspielern darf, wenn die "erste Besetzung" krank oder sonst wie verhindert ist, und da haben mich

einige kurze Tourneen kreuz und quer durch Deutschland, Österreich, und einmal sogar die Schweiz geführt.
Ich male auch noch immer.
Bald nachdem wir uns getrennt hatten, nahm mich eine Galerie unter ihre Fittiche, und einige Jahre lang konnte ich so einigermaßen von meiner Kunst leben.
Warum auch immer - mit der Malerei lief es irgendwann nicht mehr so recht, also entschloss ich mich, zur Gebrauchsgrafik zu wechseln, was ich bis dahin immer verabscheut hatte, und arbeite seither als freiberuflicher Werbegrafiker und Webdesigner.
Dadurch habe ich die Möglichkeit, meinen Arbeitsalltag flexibel zu gestalten, was mir sehr wichtig ist, vor allem wegen der Schauspielerei, aber auch, weil ich nicht in einem starren Betrieb eingesperrt sein will, wenn es nicht sein muss.
Ein paar Jahre war ich mit einer Werbetexterin zusammen. Es war eher eine praktische Zweckbeziehung von beiden Seiten als eine Liebesbeziehung, und etwa ein Jahr nachdem wir das Private ausgeklammert hatten, lernte ich meine jetzige Ehefrau kennen. Es lief einige Jahre lang sehr gut, dann gab's eine schwere Krise, dann lief es wieder einige Jahre recht gut, aber irgendwie versandete die Beziehung unter dem Einfluss von verschiedenen Problemen.
Als vor knapp drei Jahren noch Zeit gewesen wäre, das

Ruder herumzureißen, wurde ich ziemlich krank, konzentrierte mich mehr auf mein eigenes Problem als darauf, meiner Frau die Stütze zu sein, die sie brauchte, und nach einer relativ schweren Operation vor zwei Jahren lief in unserer Beziehung von ihrer Seite aus so gut wie nichts mehr.

Ich will dich nicht mit Details langweilen, deshalb schreibe ich viel oberflächlicher als ich bin - nur so viel: sie hat sich bereits vor etwas mehr als einem Jahr "entliebt" und in einen Anderen verliebt. Ich erfuhr vor einigen Monaten davon. Es sah für mich so aus, als wäre noch etwas zu retten, aber es sah nur so aus - für sie war die Sache abgeschlossen. Das habe ich vor etwa zwei Monaten begriffen, und seither bin ich dabei, mir ein neues, eigenes Leben zu schaffen. Zur Zeit wohne ich noch in unserer gemeinsamen Wohnung mit Blick auf einen schönen Park, aber so bald ich kann, ziehe ich aus.

Diese doch recht schmerzlichen Ereignisse sind nun aber nicht der von mir erwähnte zweite Anlass, mich bei dir zu melden, sondern ein Gespräch, das ich mit meiner Frau hatte, das sehr emotional verlief - in ihrer neuen Beziehung gibt es nämlich mehr Probleme als ihr lieb sind, deshalb versuche ich ihr ein wenig moralischen Beistand zu leisten - , und im Zuge dieses Gespräches habe ich zum ersten Mal seit damals von dir (und mir) erzählt.

Meine (Noch-)Frau hat mir gelegentlich vorgeworfen, dass ich kalt und gefühllos sei, meine Emotionen nicht zeige, sodass sie nicht wisse, ob und welche Empfindungen ich hätte, und nach meiner Erzählung sagte sie so ungefähr: "So emotionell kenne ich dich ja gar nicht!"
Das ist natürlich Unsinn.
Sie hat, wie ich meine, wohl nie begriffen, dass nicht alle Menschen ihre Gefühle auf die gleiche Art zeigen oder ausdrücken, und offenbar hat sie da einiges nicht verstanden, was mich angeht, oder sie will es eben nur so haben, wie sie es für richtig hält.
Genug davon - ich wollte dir eigentlich schon seit Jahrzehnten (klingt direkt pervers) sagen, dass ich deine Entscheidung von damals, nachdem ich den Schock überwunden hatte, verstanden habe.
Ich hätte dir zuliebe alles versucht, alles getan, aber ich weiß nicht, ob ich es gekonnt hätte, und falls nicht - wir wären unglücklich geworden.
Dadurch, dass es damals geendet hat, ist zumindest MIR etwas geblieben, das Bestand hat, das mir niemand nehmen kann, das mir gehört...
Bitte glaube nicht, dass ich mich jetzt bei dir "ausheulen" wollte.
Ich gebe zu, dass ich zwar mit dem Verstand, aber noch nicht ganz mit dem Herzen aus dem derzeitigen Schlamassel draußen bin - dazu ist die Sache noch zu

frisch, und mir ist bewusst, dass meine Frau trotz allem der zweite "so wichtige" Mensch in meinem Leben war, ist und bleiben wird. Da wird es wohl noch ein Weilchen dauern, bis mir das Herz nicht mehr ins Hirn hineinpfuscht.
Wenn ich jetzt nicht aufhöre zu schreiben, höre ich nie auf, also höre ich jetzt auf...
Klar, dass ich von dir mehr hören, lesen, sehen will, und damit nicht aus irgendwelchen Gründen etwas schief geht, gebe ich dir noch eine zweite Email-Adresse (vielleicht verliere ich die bisherige Mailadresse, wenn ich hier weggehe), sowie meine Telefonnummer.
Auf meiner Homepage findest du ziemlich viel von mir, vor allem Fotos meiner Bilder - die sagen doch recht viel über mich aus. Auch ein paar Kurzgeschichten habe ich geschrieben; die meisten davon sind sehr autobiographisch, wenn auch ziemlich verschlüsselt.
Egal - wenn du Lust, Zeit und Gelegenheit hast, kannst du ja mal stöbern...
Jetzt ist aber wirklich Schluss!
Ich kann dir gar nicht sagen, wie ich mich freue, dass du mir geantwortet hast, dass ich nun weiß, dass es dir gut geht, und dass ich hoffen darf, dass unser Kontakt nie, nie wieder abreißen wird.

Dein Paul

*

Ich zündete mir eine weitere Zigarette an.
Ein Satz des eben gelesenen Mails hatte mich stutzig gemacht: ... dass meine Frau trotz allem der zweite "so wichtige" Mensch in meinem Leben war, ist und bleiben wird ...
Wer war der erste "so wichtige" Mensch?
Vielleicht gar der wichtigere Mensch?
Ich erkannte, dass Paul damit nur Helene gemeint haben konnte, die er in seinem allerersten Mail noch als "einen der wichtigsten Menschen in seinem Leben" bezeichnet hatte. Er hatte sich da wohl noch zurückgehalten, um sie nicht mit etwas zu überfallen, das ihm klar geworden war: Helene war von Anfang an der wichtigste Mensch in seinem Leben gewesen.
Oder war ihm gar nicht bewusst gewesen, was er da eigentlich geschrieben hatte?
Helene fühlte sich "geehrt"...
Das klang eher reserviert, wenn auch durchaus erfreut.
Klar doch! Wer würde sich nicht geehrt fühlen, wenn er oder sie - vor allem sie - so etwas zu hören, in diesem Fall zu lesen, bekäme!
Mir war klar, dass sich da etwas anbahnte, und wenn dem nicht so gewesen wäre, hätte Paul wohl nicht seinen Laptop gewissermaßen als Reliquienschrein für Helene eingerichtet.
Ich fühlte mich jetzt viel besser als noch vor einer halben Stunde.

Die Bilder von verzweifelten Menschen, die nach und nach begreifen mussten, dass ihre Freunde, Brüder, Schwestern, Töchter, Söhne und was sonst noch alles, über einen guten Quadratkilometer verstreut dort draußen lagen, inmitten rauchender Trümmer des Flugzeugs, das sie nach Hause hätte bringen sollen, waren verdrängt worden von der Geschichte, die sich in mir zu formen begann, je länger ich las, und an dem kurzen Scrollbalken erkannte ich, dass es noch viel mehr zu lesen geben würde.

Dabei war es nur dem Umstand, dass ich mich nach dem Entsetzlichen im Flughafengebäude einfach zu matt gefühlt hatte, um die knapp dreißig Kilometer zurück nach München zu fahren, zu verdanken, dass ich mich dazu entschlossen hatte, in der Nähe zu übernachten.

Hier, in der kleinen Pension, konnte ich nichts zu essen oder zu trinken kaufen, aber ich hatte noch einen Müsliriegel in meiner Handtasche, und das Leitungswasser schmeckte frisch und kühl, also dachte ich, dass ich noch ein Weilchen lesen und dann vielleicht hinunter in die Stadt fahren würde, um eine Kleinigkeit zu essen.

Ich las also weiter...

*

Dienstag, 29. April 2003

Lieber Paul,

danke für deine schöne lange Mail.
Ich bin leider nicht so eine begeisterte Schreiberin; ich telefoniere lieber, aber das kann von hier aus ziemlich teuer sein. Also muss es vorerst bei Emails bleiben, oder hast du auch noch eine Festnetznummer?
Irgendwie hat mich deine letzte Email traurig gemacht. Du scheinst ja auch nicht so viel Glück in deinen Beziehungen zu haben. Eine der längsten war eine Zweckgemeinschaft. Aber Beziehungen sind nicht einfach, das wissen wir ja in der Zwischenzeit, und vielleicht haben Zweckgemeinschaften eine längere Haltbarkeit.
Ich hoffe, du hast deine Krankheit gut überstanden. Du hast nicht geschrieben, was du hattest. So etwas ist natürlich für eine Beziehung auch immer ein Prüfstein.
Mein Mann war vor ein paar Jahren auch sehr krank und hätte sterben können, doch Gott sei Dank hat er sich nach langem Zureden zu einer Untersuchung in einem Spital in Athen überreden lassen.
Ich könnte jetzt noch aus der Haut fahren, wenn ich daran denke. Es hätte uns viel Sorgen und Stress erspart, wenn er sich nicht so lange gesträubt hätte.
Ich musste mich in dieser Zeit nicht nur um Anastassios kümmern, sondern auch um sein Geschäft - und na-

türlich auch um meines.
Ich weiß gar nicht mehr, wie ich das durchgehalten habe, aber wir beide haben uns in dieser Zeit ganz schön weiterentwickelt, und nun es ist ja vorbei. Jetzt aber genug von Krankheiten!
Ich bin jetzt mit Anastassios seit 17 Jahren zusammen, unglaublich, nicht wahr? Und wir hatten lange Zeit eine sehr schöne Beziehung. In der Zwischenzeit leben wir allerdings mehr oder weniger auch nur mehr nebeneinander. Jeder verfolgt seine eigenen Interessen, aber es ist gut so.
Ewige Verliebtheit gibt es ohnehin nicht, und die Vertrautheit nach so vielen Jahren hat auch etwas.
Auf jeden Fall bin ich nicht unzufrieden mit meinem Leben.
Obwohl: das Leben auf der Insel ist manchmal schwierig für mich. Ich bekomme immer öfter den Inselkoller und muss weg.
Am liebsten wäre ich den ganzen Winter weg, und ich bin grad dabei, mir ein zweites Standbein aufzubauen.
Das wollte ich eigentlich in Wiesbaden. Eine Ärztin hatte mir da ein Angebot gemacht, das sich aber nicht umsetzen ließ, aber es scheint dafür in Wien zu klappen. Ich kenne dort viele Leute, die sich regelmäßig Shiatsu leisten können, und ich habe im Februar in Wien ganz gut gearbeitet, sodass ich mir zumindest den ganzen Aufenthalt finanzieren konnte.

Ich war ja nur drei Wochen da, und es hätte sich noch ausbauen lassen, wenn ich länger geblieben wäre. Ich habe vor, im November wieder nach Wien zu kommen und mal zu schauen, was ich daraus machen kann.
Ich habe bis jetzt immer im 3. Bezirk gewohnt, bei Robert in der Kollergasse. Leider ist mein lieber langjähriger Freund vor einem Jahr gestorben.
Jetzt wohne ich in Mödling, wenn ich die Heimat besuche.
Ja, Heimat! Ich hätte mir nie gedacht, dass ich einmal so viel Heimweh empfinden werde, aber es ist so.
Wenn ich im Fernsehen Bilder von den Alpen sehe oder sonst etwas aus unseren Breiten, könnte ich heulen.
Ach, wie sehr sehne ich mich nach einem verregneten Sommer in den heimatlichen Bergen!
Die ewige Sonne kann einem sehr auf die Nerven gehen; außerdem ertrage ich die Hitze seit ein paar Jahren sehr schlecht.
So - auch davon genug jetzt. Ich muss arbeiten gehen.
Ich habe bei mir im Haus keinen Telefonanschluss und muss, um meine Mails zu lesen, immer irgendwo hingehen, wo ich meinen Laptop anschließen kann, also, was ich sagen will: mit dem Antworten wird es immer eine Weile dauern bei mir.
Bis bald und alles Liebe.
Kuss, Helene

*

Ich stand auf, rauchte mir neuerlich eine Zigarette an und trat hinaus auf die Veranda.
Die Abendsonne zauberte warmes rötliches Licht auf die weißen Außenwände, tauchte die Stadt, die in östlicher Richtung im Dunst unter mir lag, in zartes Pastell und ließ den Dom wie vergoldet herausragen.
Wenige Kilometer dahinter lag der Flughafen, den man von hier aus mehr ahnen als sehen konnte, und einen Augenblick lang dachte ich daran, nun doch mein Diktiergerät und meinen eigenen Laptop hervorzuholen und meinen Artikel zu schreiben, aber eben nur einen Augenblick lang.
Mein Kopf sagte mir, dass ich Geld verdienen musste, aber mein Bauch sagte etwas Anderes: Es ist genug, Claudia! Dein Kopf kann dich nicht glücklich machen!
Ich wandte den Blick wieder der Stadt zu. Hatte Paul so wie ich hier gestanden und hinab gesehen?
War es Abend gewesen wie jetzt? War es heute Morgen gewesen oder gestern Abend?
Es konnte nicht gar so lange her sein, denn auch im Standby-Modus verbraucht ein Laptop Energie, und die Batterie war noch nicht leer gewesen.
Es war schon eigenartig, dass ich, die aus Wien stammte und derzeit in München lebte, in Freising einen Computer fand, in dem Emails zwischen einem Wiener, der in Wien wohnte, und einer Wienerin, die auf einer griechischen Insel lebte, gespeichert waren.

Noch dazu erinnerte mich das, was ich von den Beiden bisher erfahren hatte, an meine eigene Geschichte.
Auch Helene war so wie ich auf der Flucht gewesen, nur hatte es sie auf eine Insel verschlagen, mich nach München. Aber war München nicht ebenso eine Insel? Ist nicht jeder Ort, an den man flieht, eine Insel?
Die schöne Insel Chios konnte durchaus ein mediterranes Alcatraz sein, dachte ich, wenn man Heimweh hatte, wenn man vielleicht gar Sehnsucht nach etwas oder jemandem hatte, das oder der oder die in unerreichbarer Ferne war.
Ich empfand das manchmal so in München, obwohl ich mich nur in mein kleines Auto zu setzen brauchte, um nach Wien zu fahren, doch meine Wunden waren noch zu frisch, als dass ich den Wunsch gehabt hätte. Wie aber würde es nach fünf, zehn oder zwanzig Jahren sein?
Ich konnte mir mit einem Mal nicht mehr vorstellen, dass ich so lange hier bleiben würde.
Wohin würde ich gehen? Zurück nach Wien? Oder nach Paris? Nach Mailand? Oder würde ich irgendwo hin aufs Land ziehen?
Ich schnippte den Zigarettenstummel über das Geländer und kehrte ins Zimmer zurück. Nun wollte ich endlich erfahren, wie es mit Paul und Helene weiter gegangen war.

*

Dienstag, 13. Mai 2003

Liebe Helene,

diesmal habe ICH einige Zeit für eine Antwort gebraucht.
Dein Mail hat mich nun doch ein wenig überrascht.
Ich hatte dich mir irgendwie glücklicher vorgestellt, als es nun aus deinen Zeilen klingt - so ein ein wenig wie "...und irgendwann bleib ich dann dort..." ohne Sorgen etc.
Ich weiß natürlich, dass das eine ziemlich naive Vorstellung ist, aber als "Daheimgebliebener" sieht man ja meist den mediterranen Raum als "ewigen Urlaub", ganz so als gäbe es dort keinen Alltag, keine Sorgen, keine Krankheit, kein Sich-nicht-in-seiner-Haut-wohlfühlen...
Andererseits hat es mich auch wieder nicht so sehr überrascht, denn wenn die ersten romantischen Gedanken an eine sonnige Insel mit exotischer Vegetation, malerischen Buchten im blauen Meer, usw., dem realistischeren Nachdenken weichen, wird einem bewusst, dass das Leben nun mal das Leben ist, ob hier oder anderswo, und dass sich die Probleme nicht wirklich ändern, sondern bestenfalls ihre Gewichtung.

Ein paar kurze Antworten auf deine Fragen:

Ich habe kein Festnetztelefon - seit Jahren nicht mehr...
Ich habe eine Autoimmunerkrankung - anscheinend vererbt -, die sich jetzt, nach der Operation, still verhält..
Stimmt - es war ein Prüfstein für meine Beziehung, aber leider nicht der einzige.
Deshalb bin ich jetzt in einer verzwickten Lage.
Die "Affäre" meiner Noch-Frau scheint seit Ostern beendet zu sein, und nun scheint sie sich mit dem Gedanken zu beschäftigen, ob sie nicht doch mit mir zusammen bleiben sollte...
Ich weiß nicht, was ich davon halten soll, und ich weiß auch nicht, ob das aus meiner Sicht Sinn hätte...
Ich kann eigentlich nur abwarten, wie sich die Dinge entwickeln...
Die frühere mehrjährige "Zweckbeziehung", von der ich dir geschrieben habe, hatte damals ja - zumindest aus meiner Sicht - nicht als solche begonnen, sondern da war schon Verliebtheit gewesen, aber ich hatte recht bald gemerkt, dass das eher einseitig war.
Im Fall meiner Ehe liegen die Dinge anders. Da sieht es, wie ich denke, eher so wie in deiner aus - gefühlsmäßig halt...
Meine Noch-Frau ist so etwas wie eine "Powerfrau", die sich aber immer wieder da und dort selbst zu viel zumutet und dann jemanden braucht, der sie auffängt,

weil sie in Wahrheit bei weitem nicht so stark ist, wie sie tut...
Vor allem fehlt ihr die finanzielle Sicherheit, die ihr der Partner bieten sollte - ich bin ja nach wie vor einer, der gerade so viel verdient, dass man davon leben kann...
Heute höre ich - nicht nur in Bezug darauf - von ihr lediglich, dass ich ein "Loser" sei, den sie seit fast 15 Jahren mitgeschleppt habe.
So etwas hört man doch gern...
Genug des Jammerns.
Es wird schon irgendwie weitergehen.

Ich schreibe sehr gern. Ich habe nichts gegen das Telefonieren, aber wenn man viel zu erzählen hat, ist das Schreiben doch die billigere Variante.
Das soll nicht heißen, dass ich nicht gern deine Stimme hören würde, aber ich denke, ich würde nur Unsinn stammeln. Ich schreibe zwar auch recht viel unsinniges Zeug, aber du kannst ja darüber hinweg lesen.
Ich habe mit meiner Antwort absichtlich so lange gewartet, weil ich gerade KEINEN Unsinn schreiben wollte, aber jetzt ist es mir auch schon egal. Ich schreibe halt, wie es mir einfällt - entgegen meinem Vorsatz, ein schönes, nettes, freundliches, unverbindliches, gut gegliedertes Mail zu verfassen.
Ich kann dein "Heimweh" gut begreifen.
Ich war zwar nie so lange von daheim weg wie du,

aber manchmal genügt eine Woche, ja sogar zwei Tage, um dieses "Sich-nach-Hause-wünschen" zu erleben. Es ist immer eine Frage der Umstände.
Als ich im Krankenhaus war - lächerliche 4 1/2 Tage -, hatte ich vom ersten Tag an schlimme Depressionen und wollte nur noch hinaus in mein "Zuhause", als wäre ich im Krankenhaus auf feindlichem Boden.
Das ist nun nicht das, was du in Bezug auf "Heimat" empfindest, aber ich glaube, ich verstehe dich.
Ich habe zuletzt vor mehr als zehn Jahren mal Urlaub gemacht. Ich war bei Freunden in der Schweiz über das Wochenende eingeladen und habe ein paar Tage drangehängt, bin herumgefahren, und am liebsten wäre ich ewig so weitergefahren - aber irgendwie war da dann doch dieses Gefühl: ich will wieder mal nach Hause... ich kann ja jederzeit wieder wegfahren...
Nun ja - es hat sich dann nicht mehr ergeben... nicht in dieser Art.
Ähnlich ergeht es mir bei meinen beruflichen Fahrten kreuz und quer durch Deutschland.
Ich freue mich jedes Mal, dass ich von daheim weg komme, genieße es im Grunde auch sehr, andere Gegenden zu sehen, andere Städte und Dörfer, andere Menschen - und dann freue ich mich wieder, nach Hause zu kommen...
Siehst du - das meinte ich mit: Unsinn schreiben...
Eigentlich sollte ich jetzt das Ganze löschen und von

vorn anfangen, aber ich werde es so stehen lassen.
Ich will einfach nicht, dass du denkst, ich hätte lange nachgedacht, um dann ein paar schlau klingende Phrasen abzulassen.
Ich möchte, dass du siehst, dass ich fähig bin, meine Verwirrung, meine Unsicherheit, mein Nicht-wissen-was-ich tun-soll zuzugeben.
Nein, ich bin nicht betrunken.

So, jetzt reicht's aber für diesmal. Ich möchte ja, dass du auch in Zukunft noch Mails von mir lesen möchtest und sie nicht ungelesen im Daten-Nirvana versenkst.
Was soll ich zum Abschluss schreiben?
Ich MUSS dich sehen, wenn du wieder einmal in der Nähe bist!
Und: ich weiß, dass deine Antwort auf sich warten lassen wird, aber ich werde die Tage zählen...

Kuss,
Dein Paul.

*

Montag, 19. Mai 2003

Lieber Paul,
du schreibst überhaupt keinen Unsinn, ich lese deine Emails sehr gerne.
Sei bitte nicht enttäuscht, aber ich hab gerade überhaupt keine Zeit, um mehr zu schreiben. Ich muss in 30 Minuten arbeiten, sitze in Anastassios' Laden, es kommen andauernd Leute herein, das Telefon läutet und auch mein Handy, bin grad gestresst, außerdem hab ich auch noch Besuch im Haus bis Samstag. Wenn das vorüber ist, werde ich dir gerne mehr Lebensweisheiten und -erfahrungen von mir schreiben; hihi.
In deine Website hab ich kurz reingeschaut, ist super. Texte konnte ich noch nicht viele lesen, aber eine Geschichte hat mich ja fast zum Weinen gebracht.
Hier ist grad zu viel los, sorry, ich melde mich bald.
Dicker Kuss, Helene.

*

Es gab keine Antwort von Paul.

Er hatte wohl nicht gewusst, was er auf Helenes kurzes Mail hätte antworten sollen. Immerhin hatte sie ihm geschrieben, dass sie gestresst sei, kaum Zeit zum Lesen habe, also hatte er vermutlich abgewartet, bis sie sich wieder melden würde. Und das hatte sie knapp eine Woche später getan...

*

Sonntag, 25. Mai 2003

Hallo lieber Paul,

ich muss heute für ein paar Stunden unser Geschäft hüten, so kann ich dir kurz schreiben, denn im Geschäft gibt's auch Internet-Anschluss, aber man kann sich da nicht so gut konzentrieren, da andauernd jemand hereinkommt und etwas will.
Deine Autoimmunerkrankung hört sich ziemlich mühsam an, ist alles jetzt so weit in Ordnung? Kann das wieder passieren? Ich bin immer wieder erstaunt, was die Medizin so alles kann.

Du spielst also jetzt Theater, malst und machst Computergrafik, hab ich das richtig verstanden? Du bist mit deiner Frau jetzt also seit 10 Jahren zusammen?
Ich kann mir gut vorstellen, in welcher Situation du jetzt bist. Wie du schon sagst: abwarten ist wahrscheinlich das Beste, und dabei auf dein Gefühl zu hören kann auch nicht schaden.
Aber ich will dir eigentlich keine Ratschläge geben.
Ich hab ein anstrengendes Wochenende hinter mir. In der Nacht von Freitag auf Samstag haben mich die Gelsen nur 2 Stunden schlafen lassen, trotz Netz; manchmal sind die so klein, dass sie durchkommen. Bin um 3 Uhr aufgestanden und dann mit meiner

Freundin um 4.30 nach Chios - in unsere Inselhauptstadt, die etwa 30 km entfernt ist. Elsa musste um 5.30 am Flughafen sein.
Irgendwo ist mir dann eine Katze ins Auto gelaufen. Das hat mich ziemlich fertig gemacht; ich hab sie nicht voll erwischt und sie ist weitergelaufen. So ein Mist - ich konnte nicht mehr bremsen. Dann musste ich noch groß einkaufen in Chios und bin dann daheim nur mehr ins Bett gesunken; trotz ausgiebigen Schlafes war ich auch noch den ganzen Sonntag dusselig.
Heute geht es wieder. Muss immer noch an die arme Katze denken.

Ich finde leider keine Zeit, mir deine Website richtig anzusehen, aber irgendwann schaffe ich es sicher.
Was ich bis jetzt gelesen, gesehen habe, gefällt mit total gut, auch deine Fotos, die, die dich zeigen.
Ich würde dich auch gerne sehen, wenn ich wieder in Österreich bin, kann dir aber nicht sagen, wann das sein wird. Mein Plan für die kommende Off-Saison ist: November und/oder Dezember in Wien, Jänner, Februar, März nach Laos, Vietnam, Kambodscha. Aber das hängt davon ab, wie viel ich verdiene.
Den Lebensunterhalt hier zu verdienen, ist grad auch nicht leicht.
Ich hab es dabei noch ziemlich gut erwischt mit meinem Shiatsu, denn eigentlich kann ich das ganze Jahr

arbeiten, wenn auch in den gesamten Wintermonaten nur soviel hereinkommt wie im Touristenhigh August. Anastassios' Geschäft ist ab Mitte Oktober bis Ostern geschlossen.
Die Entscheidung, Shiatsu zu lernen, habe ich hier in Chios getroffen, und zwar auf Grund einer astrologischen Konstellation, die nur alle 168 Jahre stattfindet und genau auf meinen Entwicklungspunkt im Horoskop fiel. Wie man sieht, hat es sich gelohnt, ansonsten würde ich jetzt wahrscheinlich 12 Stunden oder mehr täglich in einer Küche stehen und bestenfalls kochen oder spülen.

Die Astrologie ist ein Hobby von mir, und ich bin über die Jahre ganz gut geworden, obwohl ich das nie als Beruf ausüben möchte. Du hast einen Skorpion-Aszendenten, das weiß ich noch von damals, und am gleichen Tag Geburtstag wie mein Vater.
Ich würde mich freuen, wenn du mir dein genaues Geburtsdatum, also Zeit und Ort, schreiben würdest, wenn du das willst, denn das ist ja fast ein bisschen so als würde ich deine Seele erkennen, oder wie immer man das nennen will.
Wie du siehst, bin ich noch immer etwas verrückt. Allerdings hab ich auch etwas Seriöseres gemacht - einen Fernkurs in Homöopathie, kann aber nur symptomatisch behandeln und nicht konstitutionell, und in

der Pflanzenkunde kenne ich mich schon lange ganz gut aus. Mit all meinen Wehwehchen, die ich so im laufe der Zeit hatte, konnte ich auch alles gut an mir ausprobieren.
Das alles wende ich aber nicht beruflich an, 1. wegen der Gesetze und 2., weil ich mich nicht sicher genug (ausbildungsmäßig) fühle, Homöopathie auszuüben. Freunden helfe ich aber gerne damit, wenn sie das wollen.

Jetzt wird es wieder zu hektisch im Geschäft. Also: das war mein heutiger Unsinn.

Ich hoffe, ich höre bald von dir.
Alles Liebe, Helene.

*

Das Klingeln meines Mobiltelefons hinderte mich am Weiterlesen.
Ich drückte beinahe widerwillig die Annahmetaste, als ich den Namen meines Chefredakteurs auf dem Display las.
"Ja?", sagte ich knapp.
"Ich habe noch keinen Artikel von dir", sagte Bernd Hampelmayer ebenso knapp.
"Stimmt", sagte ich. "Und... es kommt auch keiner."
"Was? Bist du verrückt geworden? Ich habe hier dutzende Fotos zur Auswahl und kein einziges geschriebenes Wort! In zehn Minuten habe ich deinen Artikel, verstanden?"
"Ich habe vor einer Minute gekündigt", sagte ich und hielt dann den Atem an. Was hatte ich da eben gesagt? Hampelmayer brüllte irgend etwas in sein Telefon, aber ich drückte die Ende-Taste und hörte nur noch das Hämmern meines Herzens.
Genau so war es gewesen, als ich Franz gesagt hatte, dass ich ihn endgültig verlassen würde und die Scheidung wollte. Es war totenstill gewesen, und ich hatte nur das aufgeregte Pochen in meiner Brust gehört, als säße das Herz zwischen den Ohren.
Wie damals hatte ich mich auch jetzt aus einer Umklammerung befreit, die mir unerträglich geworden war, und wie damals hatte ich völlig spontan den Ring, der um meine Brust lag und mir den Atem nahm, ge-

sprengt.
Ich ging hinaus auf die Veranda, stützte die Unterarme auf die breite steinerne Brüstung und blies den Zigarettenrauch hinunter nach Freising. Würde er dort ankommen? Würde irgend ein Nichtraucher seine Nase in den Wind halten und sich darüber ärgern, dass die Herbstluft nach Rauch roch?
Die Sonne hatte sich mittlerweile zur Ruhe begeben, und die grünen Dächer der beiden Türme des Doms sahen im letzten Rest des Abendrots schwarz aus. Eben als es schien, als würde der Dom zur Gänze in der Dunkelheit versinken, flammten Scheinwerfer auf, die den Dom, die Stadtkirche, das Rathaus und noch ein paar Gebäude erleuchteten und von meinem Standpunkt auf dem Hügel in Hohenbachern, am westlichen Rand von Freising, die Lichter des Flughafens, die bisher im Südosten dominiert hatten, seit die Sonne zur anderen Seite hin tiefer und tiefer gesunken war, überstrahlten.
Über die Isar und den Auwald hatte sich ein Nebelschleier gelegt, der sich von hier oben wie ein graues Band von von Nordost nach Südwest zog.
Ich mochte die Isar. In München erinnerte sie mich an den heimatlichen Donaukanal. Wie mochte sie hier wohl aussehen? Bestimmt war ihr Bett freier, ihr Lauf ein wenig gewundener. Ich war auf dem Weg vom Flughafen hierher über eine Brücke gefahren, aber ich

hatte nicht darauf geachtet, was darunter lag; zu voll war mein Kopf gewesen.
Ich schnippte die abgerauchte Zigarette über die Brüstung ins Dunkel und ging zurück ins Zimmer. Erst jetzt merkte ich, dass ich fror, und so nahm ich den Laptop vom Tisch, schloss das Ladekabel an der Steckdose neben dem Bett an und schlüpfte aus den Schuhen. Dann setzte ich mich aufs Bett und zog eine der Decken über mich.
Dann machte ich mich daran, weiter zu lesen.
Das Datum des nächsten Mails machte mich stutzig. Ich scrollte zurück. Zuletzt hatte Helene zweimal geschrieben, am neunzehnten und am fünfundzwanzigsten Mai, und das nächste in die Textdatei kopierte Mail stammte vom vierten Juli und war wieder von Helene an Paul geschrieben worden. Warum hatte er sich nicht mehr gemeldet?
Was war geschehen?

*

Freitag, 4. Juli 2003

Hallo lieber Paul,

ich hoffe es geht dir gut, lange nichts von dir gehört. Hast du Stress oder bist du auf Theatertournee?
Oder hast du einfach keine Lust zum Schreiben?
Ich stöhne gerade unter der Hitze hier und hatte die letzten 4 Wochen richtig viel zu tun.
Im Moment ist es ein bisschen weniger, aber trotzdem jeden Tag Arbeit. Ich bin bin ja froh darüber, denn Andere jammern nur über die kaufunfreudigen Touristen.
Den ganzen Juni konnte ich nicht an den Strand, und das war auch gut so, denn seit letztem Jahr gibt es - eingeschleppt von irgendwo - grausige stechende Insekten, die scheußliche Stiche hinterlassen, sogar Narben. Ich war nur einmal eine Stunde am Strand und war total zerstochen. Erst merkt man nichts, aber dann, in der Nacht, geht es los; manche mussten sogar Kortison nehmen, und zwei Kinder kamen ins Krankenhaus. Klimawandel - da kommt noch einiges auf uns zu. Dann waren diese Insekten aber von einem Tag zum anderen verschwunden, und jetzt gehe ich wieder schwimmen.
Am Strand will ich ohnehin nicht so lang liegen, da das langweilig und zu heiß ist, aber schwimmen tu ich sehr gern und ausgiebig.

Im Sommer hab ich nie viel zu schreiben, da sich bei mir kaum etwas tut außer Arbeit, Haushalt, schlafen und Gartenarbeit. Außerdem kann ich meine Gedanken nicht so gut zu Papier bringen, ich rede lieber, und das werde ich ja hoffentlich mit dir mal tun.

Meine Freundinnen sind jetzt auch alle wieder weg. Schade, denn hier habe ich nicht so viele Freunde, mit denen ich mich wirklich unterhalten kann.

Also, jetzt gehe ich schwimmen und dann mit meiner Katze zum Tierarzt.

Bis bald, alles Liebe und Küsschen,

Helene.

*

Freitag, 10. Oktober 2003

Liebe Helene,

entschuldige bitte, dass ich mich so lange nicht gemeldet habe.
Ich hatte eine schwierige Zeit zu überstehen, und so lange es mir schlecht ging, wollte ich nicht schreiben, da es wohl nur Gejammer geworden wäre.
So besonders gut geht es mir zwar noch immer nicht, aber jetzt bin ich immerhin so weit, dass ich nicht mehr jammere...
Ich habe Juli und August sozusagen in Klausur verbracht, habe allein in einem Haus in Himberg gewohnt, und jetzt bin ich seit Anfang September wieder in der gemeinsamen Wohnung. Wenn alles klappt, kann ich noch vor Weihnachten in eine andere Wohnung übersiedeln, und dann wird sich hoffentlich die Distanz einstellen, die ich brauche um mich "abzunabeln".
Ich musste erkennen, dass ich schon seit einiger Zeit an echten Depressionen leide - daher auch meine mangelnde Motivation in jeder Hinsicht, daher auch "Heul-Anfälle" aus heiterem Himmel etc.
Da ich keine Lust habe, an Depressionen zu leiden, kämpfe ich dagegen an, und jeder kleine Erfolg, den ich irgendwo erziele, hilft mir dabei, das Leben bzw. die Zukunft wieder ein wenig rosiger zu sehen.

Es kam ja auch wirklich viel auf einmal zusammen, und es war nicht einfach, wieder festen Boden unter die Füße zu bekommen.
Ich erspare dir die Einzelheiten - vielleicht ergibt sich ja einmal eine Gelegenheit, dass wir uns ausquatschen können - aber ich denke, da wird es interessantere Themen geben...
Wie geht es denn dir?
Was für Pläne hast du?
Kommst du wirklich im November nach Österreich?
.... 100 weitere Fragen....
Ich würde dich so gerne mal wieder sehen...
Zumindest freue ich mich erst einmal, wieder von dir zu lesen, falls du mir antworten kannst bzw. möchtest.
Bis bald also und die liebsten Grüße einstweilen,

Dein Paul.

*

Freitag, 10. Oktober 2003

Hallo lieber Paul,

das ist ja lustig! Du hast mir heute Morgen ein Email geschrieben, und ich dir, ohne deine Email zu lesen, ein SMS, das du hoffentlich bekommen hast. Da scheint's ja zu telepatheln zwischen uns.
Ich kann mir vorstellen, dass du eine schwierige Zeit hinter dir hast; hast du dich, ihr euch also doch getrennt?
Das tut mir leid. Ich hoffe, es geht dir schon wieder besser.
Du warst also in Himberg... hast du meine Freundin Andrea kennen gelernt? Wahrscheinlich nicht, wenn du in Klausur warst. (Quatsch natürlich)
Und jetzt bist du wieder in eurer gemeinsamen Wohnung; das stelle ich mir schwer vor. Wo wirst du dann hinziehen?

Ich bin im Moment viel schwimmen und liege faul mit Freundinnen am Strand herum. Zum Vollmond habe ich ein richtiges Wander-Highlight gehabt - auf einen Berg (eher Hügel) mit Kapelle zum Sonnenunter- und Mondaufgang; bin in Fototaumel verfallen, und bei Mondschein wieder zurück an den Strand und auf einen Eiskaffee.

Das war Balsam für die Seele. Ich bin nämlich ziemlich kaputt. Es ist anstrengend, immer die Probleme (meist nur die körperlichen, manchmal auch die ganze Misere) der Anderen anzuhören, und natürlich schlauchen auch die Shiatsu, vor allem wegen der großen Aufmerksamkeit, die dabei nötig ist.
Aber ich möchte nichts Anderes machen, denn jetzt, mit Samstag und Sonntag frei und meist nur vormittags 2 - 3 Shiatsu geht es mir super.
In ca. 2 Wochen fahre ich mit Anastassios nach Nordgriechenland an die mazedonische Grenze, in eine Gegend wo es einige Thermalquellen, Spa, Wellness, was weiß ich, gibt. Wir werden unser Auto mitnehmen und auch noch ein bisschen in Griechenland umher fahren, vielleicht auch nach Saloniki in Anastassios' Geburtsort, Familie besuchen und was uns so einfällt. Freue mich schon darauf und hoffe, dass dies auch unserer Ehe gut tun wird. Wir haben im Sommer ja kaum Zeit für einander; unsere Arbeitszeiten sind unterschiedlich; wenn Anastassios heimkommt, schlafe ich meist schon, und wenn ich morgens weggehe, schläft er noch. Wir sehen uns praktisch nur mittags oder wenn ich zu ihm ins Geschäft gehe, aber da ist immer etwas los.
Ich würde dir gerne ein Foto schicken, aber das funktioniert irgendwie nicht so gut, ich werde es mit einer separaten Mail versuchen.
Ich freue mich schon jetzt, dich in Wien zu treffen,

wenn es auch noch etwas dauern wird.
Bis dahin hoffe ich aber noch von dir zu hören, auch wenn es Gejammer ist.
Alles Liebe, ich umarme dich,
Helene.

*

Sonntag, 7. Dezember 2003

Hallo lieber Paul,
jetzt funktioniert es doch irgendwie mit den Fotos, auch wenn es sehr lang dauert, bis ich sie laden kann. Diese Computer sind mir unheimlich, ich hab ja kaum Ahnung, und alles funktioniert nur so irgendwie.
Ich hoffe, dir geht es inzwischen schon wieder besser. Bist du schon umgesiedelt? Wo wohnst du jetzt?
Ich habe eine schöne Reise durch Nordgriechenland gemacht, erst 7 Tage erholen bei den heißen Quellen, die wirklich toll sind, mit Wasserfällen und einem wilden Fluss gleich daneben, dann meine Freundin am Pilion besucht, und zum Schluss noch nach Meteora, zu den schwebenden Klöstern.
Auch hier in Chios ist es okay, aber ich könnte schon wieder wegfahren, bin unruhig, aber am 5.Januar hau ich ohnehin schon wieder ab; das werde ich noch aushalten.
Ansonsten schwimme ich; Arbeit habe ich nur wenig, aber das ist mir auch recht. Es ist noch sehr mild und wir müssen erst am Abend heizen. Ich wandere viel und sammle so alles, was mir unterkommt, zum Beispiel Hagebutten für Marmelade, Oliven zum Einsalzen, etc. Das macht Spaß. Zum Glück habe ich eine liebe Freundin, die das alles mit mir macht.
So - das sind meine News. Würde auch gerne von dir

etwas hören.

Also dann, bis bald.

Alles Liebe,

Helene.

*

Sonntag, 7. Dezember 2003

Liebe Helene!

Ich freue mich riesig, dass du mir geschrieben hast, denn ich habe mich nicht getraut - ich wusste ja nicht, wie lange du unterwegs sein würdest.
Tja, mir geht es tatsächlich besser als zuletzt, wenngleich ich noch ziemlich an der Sache knabbere. Immerhin denke ich jetzt schon mehr an die Zukunft als an die Vergangenheit, und das ist schon viel wert, weil ich jetzt die Zukunft auch nicht mehr so schwarz sehe.
Ich wohne noch immer mit meiner Noch-Frau zusammen, da die Wohnung, die ich gefunden habe, erst mit Jahresende bezugsfertig sein wird.
Ich werde dann an der Stadtgrenze in Liesing wohnen - lustigerweise in der Perchtoldsdorfer Straße... ist das nicht ein unglaublicher Zufall?
Bis dahin wird das Zusammenleben erträglich sein - seit ein paar Wochen funktioniert die Sache recht gut; sie hat sich, was ihre Wutausbrüche anlangt, erstaunlich gut im Griff, bis auf ein paar kleine Ausrutscher halt, und ich denke, dass das einerseits mit dem Wissen zusammenhängt, dass es nicht mehr lange dauert, bis ich weg bin, andererseits damit, dass sie sich beruflich weiterentwickeln möchte und dafür gute Chancen sieht.

Allerdings kann sie es kaum erwarten, dass mein "Atelier", das sie nur noch "Rumpelkammer" nennt, frei wird - seit Ende August habe ich mein gesamtes Hab und Gut darin gestapelt -, denn da hinein sollen unsere vierbeinigen Freunde übersiedeln. Ansonsten arbeite ich viel, versuche meine Finanzen in den Griff zu bekommen, und es läuft nicht gar so schlecht, obwohl die ganze Werbebranche jammert.
Ich hoffe, du kommst wirklich im Jänner nach Wien - oder zumindest sonst wohin, wo wir uns sehen können...
Versteh mich nicht falsch, aber irgendwie habe ich aus den Gedanken an und über dich Kraft geschöpft.
Du lässt dich nicht unterkriegen - und ich auch nicht.
Danke für die Fotos! Die Landschaften sind wunderschön und sehen so aus, als wäre die Zeit spurlos an ihnen vorüber gegangen... und du auch...
Lass bald wieder von dir hören, wenn es geht - ich freue mich darauf.

Kuss, Paul.

*

Ich stand auf, streckte mich, da ich vom Sitzen im Bett steif geworden war, hüllte mich in die Decke und nahm eine Zigarette mit hinaus auf die Veranda.
Drüben, jenseits von Freising, hinter den Bäumen der Isarauen, glühte der Nebel von den Scheinwerfern des Flughafens.
Es war erst wenige Stunden her, doch mir kam es wie eine Ewigkeit vor, dass ich dort gewesen war, dass ich, wie wie schon so oft, versucht hatte, aus dem Leid von Menschen Kapital zu schlagen.
Informationspflicht. Darauf redete man sich aus, wenn man das Herz, das Menschen aus dem Leib gerissen worden war, auch noch ausquetschte.
Wieso gerade heute?
Was hatte mich ausgerechnet heute dazu gebracht, mich von allem zu befreien, was mich die letzten zwei Jahre, seit ich mich in dieser scheinbaren Freiheit, die doch eine Art von freiwilliger Verbannung war, besessen hatte?
Ich hatte schon andere schreckliche Dinge erlebt und sie, nachdem ich meine Artikel abgeliefert hatte, mit ein paar Gläsern Hochprozentigem weggespült.
Warum gerade heute...
Die feuchte Nachtluft trieb mich zurück ins Zimmer.
Paul hatte sich erneut lange nicht gemeldet, und Helene hatte besorgt geklungen, aber mir kam es so vor, als ob sie ihn zwar treffen, es aber bei Geplauder unter

alten Freunden belassen wollte - ganz im Gegensatz zu ihm.

Ich las aus Pauls Zeilen - besser gesagt: zwischen den Zeilen - etwas heraus, das mehr als freundschaftliche Gefühle verriet, die er aber verbergen wollte oder unbewusst verbarg.

Helene schrieb einfach, und ihre Erzählweise war irgendwie oberflächlich. Kam es mir nur so vor, oder tauchten neuerdings auch bei ihr Dinge zwischen den Zeilen auf, die sie unwillentlich verriet?

Paul war offensichtlich ein geübter Schreiber, und ich konnte mich des Eindrucks nicht erwehren, dass er eine gewisse Oberflächlichkeit vortäuschte, um seine wahren Gedanken und Gefühle nicht zu offenbaren. Andererseits hatte er keine Scheu, manche Dinge durchaus detailliert zu erzählen, auch Intimes.

Was war der wahre Grund, warum er mehr als vier Monate lang nichts von sich hatte hören lassen? Und warum ließ er danach erneut zwei Monate verstreichen?

Seine aktuellen - ehelichen und auch seelischen - Probleme konnten wohl der Grund sein, aber immerhin hatte er inmitten seiner Probleme den Kontakt zu Helene gesucht. Ich an seiner Stelle hätte vermutlich nicht mehr locker gelassen, mich bei ihr ausgeheult oder sonst was.

Anders verhielt es sich aber, wenn er ihr gegenüber andere Gefühle hatte, die vielleicht sogar im Widerspruch zu dem standen, was er ihr erzählte. Das musste es sein!

Paul wollte zwar ehrlich sein, aber er wollte verheimlichen, was er für Helene empfand! Und auf keinen Fall wollte er, dass Helene ihn zu sehr bemitleidete.

Ich hätte zu gern gewusst, wie lange und wie intim Helene und Paul einander schon kannten. Es musste eine sehr lange Zeit sein, und es musste sehr intim gewesen sein, wenn sie nach mehr als zwanzig Jahren so beinahe peinlich nichts sagend mit einander um den heißen Brei herum redeten, und als ich dies dachte, wusste ich mit einem Mal, dass auch Helene ihre Oberflächlichkeit bewusst oder unbewusst nur spielte.

Noch ehe ich weiter las, wusste ich, dass es zu einem Treffen der Beiden kommen würde, und da ich jetzt ein bereits sehr deutliches Hungergefühl verspürte, rief ich die Auskunft an, fragte nach der Telefonnummer des nächstgelegenen Pizzaservice und bestellte dort eine Pizza.

*

Während ich auf den Pizzaboten wartete, öffnete ich das Verzeichnis mit den Fotos.
Es dauerte eine ganze Weile, bis alle Vorschaubilder geladen waren und sich das Fenster für die Ansicht im Modus "Filmstreifen" öffnete. Die ersten Fotos zeigten eine Landschaft, hügelig, felsig, im Hintergrund Wasser, und ich wusste sofort, dass ich hier Aufnahmen von der Insel vor mir hatte, wo Helene lebte.
Schön dort, dachte ich, schön für einen Erholungsurlaub. Vielleicht auch schön als Fluchtziel für eine gewisse Zeit, bis man herausgefunden hatte, wie das Leben weitergehen sollte.
Hatte ich mit München das richtige Ziel gewählt? War ich nicht vom Regen in die Traufe geraten? Hätte ich nicht lieber eine mediterrane Idylle vorziehen sollen? Abschalten. Vergessen.
Wäre ich wie Helene dort hängen geblieben? Hätte ich gedacht, dort meine Bestimmung gefunden zu haben?
Ich konnte es mir nicht recht vorstellen. Es war schon richtig gewesen, wie ich es gemacht hatte. Auch wenn - oder gerade weil - ich jetzt unverhofft Ekel vor dem empfand, was mich bisher angetrieben, was ich angestrebt hatte. Wäre ich anderswo zu dieser Erkenntnis gelangt als mitten im Herzen des Übels?
Hätte ich nicht dann und wann an meiner Entscheidung gezweifelt? Hätte ich nicht wie Helene mehr und mehr Heimweh verspürt?

Auf den nächsten Fotos war Helene zu sehen, dessen war ich sicher. Es konnte nur sie sein. Langes rotes Haar, hochgesteckt, im Badeanzug im Wasser stehend, dann - welch ein Kontrast! - in winterlicher Bekleidung offensichtlich bei einem Waldspaziergang. Hier sah es ganz und gar nicht mediterran aus, sondern eher nach dem heimatlichen Alpenvorland, und sie wirkte sehr fröhlich.

Dann folgten Fotos, die Helene in verschiedenen Räumen zeigten, sehr unterschiedlich, manchmal kaum bekleidet, und mit jeder Änderung der Umgebung oder des Outfits änderte sich ihr Aussehen, hatte sie eine andere Ausstrahlung.

Sie mochte Mitte vierzig sein, aber auf manchen Fotos sah sie viel jünger aus.

Und dann kamen ein paar Aufnahmen, die Helene und Paul zusammen und einzeln zeigten, und der Hintergrund, vor dem sie standen, kam mir bekannt vor. Ja doch! Die Fotos waren hier auf der Veranda vor meinem Zimmer entstanden!

Ich erkannte den Tisch und die Stühle, sogar der Ascher war derselbe! Ich irrte mich bestimmt nicht, aber zur Sicherheit schlüpfte ich durch die Terrassentür und sah mich um. Ja, der Tisch und die Stühle standen sogar genau da, wo sie sich auch auf den Fotos befanden, und die beiden kleinen Fenster, hinter denen man jetzt die Lichter von Freising sehen konnte, waren die-

selben.
Nun, konnte mich das überraschen? Immerhin hatte ich Pauls Notebook hier im Zimmer gefunden...
Ich ging zurück ins Zimmer, eben zur rechten Zeit um das Klopfen des Pizzaboten zu hören.
"Haben Pizza bestellen?", sagte er, als ich die Tür öffnete. Ein älterer Chinese, wie es aussah.
"Ja, Pizza Diavolo", sagte ich und nahm den Karton, den er mir entgegen hielt.
"Augenblick - ich habe das Geld in meiner Handtasche..."
"Ist Mann nicht da?", fragte er. "Gestern Abend auch bestellen Pizza bei Ming."
Ich bekam eine Gänsehaut.
"Nein, er ist gerade nicht da", sagte ich. So ein Zufall! Paul hatte ausgerechnet...
"War er allein?", fragte ich.
"Ja, ganz allein. Niemand bei ihm!", sagte der Chinese schnell und mir fiel ein, dass er womöglich dachte, ich sei mit Paul hier und wollte wissen, ob gestern eine Andere bei ihm gewesen wäre.
"Der Mann ist ein Kollege von mir", sagte ich deshalb.
"Wir sind Journalisten... von der Zeitung..."
Er lächelte.
"Kollege von Zeitung warten auf Sie, sehr ungeduldig", sagte er. "Aber Sie noch nicht da."
Ich gab dem Boten fünfzehn Euro.

"Sie haben also sonst niemanden gesehen? Hat er etwas gesagt? Telefoniert?"
"Niemand gesehen und nichts gesagt."
Er wirkte, als täte es ihm Leid, dass er mir nichts Besseres anzubieten hatte.
"Schon gut, danke!", sagte ich. Von dem Chinesen würde ich nicht mehr erfahren, so viel war sicher. Doch dann sagte er plötzlich:
"Heute Mittag Herr Kollegen in Stadt gesehen. Geht vorbei an Ming Pizzeria."
"Sie haben ihn gesehen? Wohin ist er gegangen?"
"Nicht wissen wohin, aber Richtung Schlüter."
"Könnte er zum Bahnhof gegangen sein?"
"Nein, Bahnhof gleich nach Pizzeria links, Herr Kollege gehen gerade."
Ich wusste, dass 'Schlüter' eine ehemalige Traktorenfabrik war, die seit der Schließung vor etwa zehn Jahren leer stand, aber das half mir jetzt auch nicht mehr, Paul sein Notebook zurückzugeben. Er war mittlerweile wohl längst über alle Berge...
Ich bedankte mich, und der Chinese verabschiedete sich mit einer Verbeugung. Ich schloss die Tür hinter ihm und machte mich über die Pizza her.
Also war Paul tatsächlich gestern Abend noch hier gewesen. Konnten die Fotos, die auf der Veranda gemacht worden waren, von gestern stammen? Irgend etwas stimmte nicht, und ich sah mir die betreffenden

Bilder noch einmal an.
Das war es! Auf zwei der Fotos waren im Hintergründ Bäume zu sehen. Kahle Äste ohne Blätter. Also mussten die Aufnahmen zwischen Spätherbst und Vorfrühling gemacht worden sein. Jetzt waren Blätter an den Bäumen, auch wenn sie schon die Herbstfarben trugen. Helene und Paul waren also schon vor längerer Zeit, auf alle Fälle vor mehr als einem halben Jahr hier gewesen...
Ich liebte es, während des Essens zu lesen, und so holte ich das Fenster mit den kopierten Emails in den Vordergrund und las weiter, während ich mit den Fingern Stücke aus der Pizza zupfte und verschlang.

*

Montag, 26. Jänner 2004

Hallo Helene,
ich bin gerade in Bad König, das liegt im Odenwald, die nächsten größeren Städte sind Darmstadt, nordwestlich, und Aschaffenburg, nördlich von hier.
In der Pension gibt es WLAN, und ungefähr nach 2 Stunden habe ich eine Verbindung ins Internet geschafft...
Gestern gab es zwei Vorstellungen in Neuburg an der Donau, nahe Ingolstadt, heute drei hintereinander in Nürnberg.
Ich war ein Weilchen in der Altstadt spazieren - sehr schön da... und ich hab mir vorgestellt, wir wären gemeinsam da.
Keine Angst - ich habe mich im Griff... man muss ja auch ein wenig Realist sein, auch wenn man Romantiker ist.
Ich hoffe, du hattest einen schönen Tag...
Das gestrige Hotelzimmer war nicht so toll, aber das heutige ist recht nett, mit einem schönen kleinen Bad, einem Fernseher, einem Balkon, auf dem es -6° hat. Sogar einen schönen Spiegel gibt es hier, allerdings normal an der Wand... du weißt schon...
Nun ja.... das schönste Hotelzimmer aller Zeiten ist ganz woanders, ehschonwissen...
Heute bin ich um 5:15 aufgestanden, um 6:00 gab's

Frühstück, und morgen sieht's genau so aus.
Wir übernachten drei Mal hier, also kann ich auch morgen und übermorgen ins Internet, Mails abfragen und versenden etc.
Bis 23:00 Uhr bin ich heute - und vermutlich auch morgen - wach und per E-Mail und Telefon erreichbar.
Ich hoffe, dass ich dir nicht zu "lästig" bin, aber ich möchte halt die kurze Zeit, die wir haben, nützen. In gar nicht so ferner Zukunft wird das Kontakthalten ohnedies anders ausschauen.
Ich kann das alles irgendwie noch immer nicht fassen... oder doch?
Egal... was zählt, ist der Augenblick, wenn man nicht an die Zukunft denken darf.
Lass dich von meinem Geschwafel nicht verwirren - ich bin halt ein sentimentaler Hund.
Kannst du die Smilies sehen, die ich da und dort einfüge? Ich finde Smilies irgendwie gut - sie drücken manchmal mit ein paar Strichen in einem Kreis mehr aus, als man mit Worten sagen könnte...
So, jetzt setze ich mich hin, esse ein Sonnenblumenbrot mit Käse und warte...
Darf ich schreiben: ich liebe Dich?
Falls nicht, dann streiche es bitte...
Kuss,
Paul

*

Dienstag, 27. Jänner 2004

Lieber Paul,

ich weiß ja, dass du ein Romantiker bist, aber einer, der ganz schön Gas gibt, und bei mir hat das zur Folge, dass ich die Notbremse ziehe. Ich kann nur sagen: du kennst mich eigentlich nicht wirklich und weißt auch nicht alles über mich. Ich will dich nicht verletzen, das wollte ich nie, aber ich habe das Gefühl, dass es trotzdem nicht ohne Verletzungen abgehen wird. Darum war ich auch so zickig.

Dass große Anziehung zwischen uns besteht, ist mir schon sehr klar, das habe ich schon aus den Emails, die du mir nach Griechenland geschrieben hast, erspürt, und ich habe mir schon dort vorgenommen, mich nur freundschaftlich mit dir zu treffen.

Nun ja - so viel zu meinen Vorsätzen...

Egal. Jetzt ist es so, und es ist ja schön, aber erwarte nicht zu viel. Ich habe mein Leben und meine Freunde, die ich in Wien sehen will, und ich werde dich nicht so oft treffen, wie du das vielleicht willst. Ich hoffe, du verstehst das und gibst dich mit dem zufrieden, was ich dir geben kann.

Ich wünsche mir, dass unser Kontakt bestehen bleibt.

Ich umarme und küsse dich, Helene.

*

Das war es also, dachte ich.
Sie hatten einander getroffen. Es war - wie unschwer zu erraten war - zu einer intimeren Begegnung gekommen, als Helene sich das vorgenommen hatte, und nun machte sie einen Rückzieher.
Ich hatte zwar nicht unbedingt eine die Tränendrüsen reizende Love Story erwartet, aber jetzt war ich doch ein wenig enttäuscht. Ich hatte Recht behalten - Helene war in ihren Mails mit Absicht oberflächlich gewesen, und nun versuchte sie sich mit der gleichen Oberflächlichkeit aus der Affäre zu ziehen.
Wenn jemand schreibt 'ich wünsche mir, dass unser Kontakt bestehen bleibt', ist das an Kühle und Distanz von oben herab kaum zu übertreffen.
Helene musste es direkt darauf angelegt haben, Paul, der eindeutig sensible Fühler für Töne und Zwischentöne hatte, abzuschrecken.
Wie hatte Paul darauf reagiert? Ich las weiter...

*

Dienstag, 27 Jänner 2004

Liebe Helene,

Ich weiß, dass du dein Leben und deine Freunde hast etc.
Wir haben über alles gesprochen, und ich weiß, welche Bedenken du hattest, dich über das Freundschaftliche hinaus auf etwas einzulassen.
Ich habe alles verstanden, und ich verstehe es immer noch, auch wenn ich in meiner Begeisterung jetzt vermutlich ein wenig übers Ziel hinaus geschossen habe.
Ich hatte auch nicht erwartet, dass viel mehr als freundschaftliche Treffen zustande kommen würden, und selbst der Besuch an jenem Ort - du weißt, was ich meine - ist für mich kein Problem.
Ich bin mehr als zufrieden mit dem, was du mir - was wir einander - geben konnten, weil ich viel weniger erwartet hatte, und das bezieht sich nicht hauptsächlich auf das, was an jenem Ort vor sich gegangen ist.
Das, was du Anziehung nennst, heißt bei mir ein wenig anders, und gerade deshalb brauchst nicht du die Notbremse zu ziehen, sondern ich muss es tun - emotional.
Vor vielen Jahren, als ich wusste, dass dein "altes" Leben nicht so glücklich war, habe ich deine Entscheidung respektiert und zu verstehen versucht, und ich habe

nicht um dich - um uns - gekämpft. Vielleicht hätte ich es damals tun sollen, ich weiß es nicht.
Heute hast du ein "anderes" Leben, das dir wichtig ist, und das wussten wir beide von Anfang an.
Ich weiß nicht, ob du nun wegen deiner eigenen oder wegen meiner Gefühle besorgt bist, aber ich kann dir versichern, dass mir deine Freundschaft das Wichtigste ist.
Lass mir die Einbildung, dass da noch andere Gefühle im Spiel sein könnten - es tut mir gut, aber es wird keine Probleme schaffen.
Gib, mir, was du mir geben willst, und ich werde es dankbar annehmen, aber ich werde nicht drängen, fordern oder bitten.
Das klingt jetzt alles ein wenig geschwollen, aber ich weiß nicht, wie ich einfacher ausdrücken könnte, dass ich für dich keine Last sein möchte und werde - du musst dir keine Sorgen machen.
Ich wollte nie und will auch jetzt nicht, dass du deine Pläne änderst. Genieße deinen "Heimaturlaub", wie auch immer du ihn verbringen willst, hab eine schöne Zeit, und wenn du noch die eine oder andere Stunde für mich Zeit hast, werde ich mich sehr darüber freuen.
Ich umarme und küsse dich,
Paul.

*

Bravo!

Paul trug es mit Fassung. Zumindest tat er so...

Ich fragte mich, wie ich an seiner Stelle reagiert hätte. Ich musste davon ausgehen, dass es bei ihm 'gefunkt' hatte, ob das nun durch 'das, was an jenem Ort vor sich gegangen' war, wie er sich ausdrückte, entstanden oder schon vorher da gewesen war, und es war klar, dass Helenes Mail ein harter Schlag für ihn gewesen sein musste.

Mir erging es beim Lesen wie Paul: ich wusste nicht, welcher Art ihre Gefühle waren, denn 'es ist ja schön' konnte alles und nichts bedeuten.

Helenes Antwort kam prompt...

*

Dienstag, 27. Jänner 2004

Ja Paul, super!

Genau das wollte ich hören. Jetzt bin ich viel entspannter. Und es klingt überhaupt nicht geschwollen.

Ich mache mir sowohl um deine als auch um meine Gefühle Sorgen, das brauchst du dir nicht einzubilden.

Ich hoffe wirklich, dass wir Freunde sein können - Freunde, die halt auch mal miteinander ins Bett gehen, wenn es passt.

Ich umarme dich jetzt viel fester als am Nachmittag.

Schlaf schön,

Kuss Helene.

*

Dienstag, 27. Jänner 2004

Liebe Helene,

jetzt bin ich auch viel entspannter.

Es wäre ja geradezu paradox, wenn unsere eigenen Gefühle bzw. Ängste uns trennen statt verbinden müssten...

Ich möchte genau das, was du möchtest, weil auch Romantiker der Realität ins Auge sehen können, wenn es nötig ist.

Hab' ein paar schöne Tage in den Bergen und pass auf dich auf.

Ich umarme und küsse dich,

Paul.

*

Jetzt wusste ich immerhin, warum die Beiden einander Mails schickten. Helene war irgendwo in Österreich in den Bergen, und Paul in Deutschland. Davor hatten sie einander, wie es aussah, getroffen
Er schrieb von Vorstellungen, also spielte er offenbar gerade Theater...
Bei genauerer Betrachtung schien mir Helene doch Gefühle Paul gegenüber zu haben, diese aber auf keinen Fall zulassen zu wollen.
Er wiederum war eindeutig nicht sehr glücklich mit der Situation, und ich spürte deutlich, dass er nur schrieb, was er schrieb, um sie nicht kopfscheu zu machen und um nicht zu riskieren, dass sie den Kontakt abbrach.
Vielleicht glaubte er aber auch an das, was er schrieb...
Ich fand, dass es jetzt spannend wurde. Der kleine Scrollbalken verriet, dass noch einige Mails darauf warteten, von mir gelesen zu werden, und ich nahm an, dass ich mehr über den Her- und Fortgang ihrer Affäre, die sie zweifellos begonnen hatten, erfahren würde. Vielleicht würde ich sogar noch dahinter kommen, was in früherer Zeit, vor jedenfalls mehr als zwanzig Jahren, gewesen war.

*

Diensta, 3. Februar 2004

Liebe Helene,

nun sitze ich also hier in einem Dorf nahe Saarbrücken, verbringe bereits die dritte Nacht hier, und es ist kalt im Zimmer. Das Gasthaus hat Ruhetag, der Fernsehempfang, der bisher schon schlecht war, ist nun ganz weg, und das Internet läuft sehr langsam oder gar nicht. Vermutlich liegt es daran, dass es seit Tagen schneit...

Tja, wie schon am Telefon erwähnt, ist Beates Freund noch am selben Nachmittag, als ich weggefahren bin, von daheim ausgerissen und in unserer Wohnung gelandet.
Nun hat Beate erst mal das, was sie wollte, und man kann gespannt sein, wie die Sache weiter geht, falls es einen interessiert.
Während ich diese Woche weg bin, richtet er sich häuslich ein, meine Sachen sind vorerst weggeräumt, damit er Platz auf dem Schreibtisch und in "meinen" Schubladenkästchen darunter hat.
Zuerst war ich wütend, aber jetzt bin ich eher der Ansicht, dass das gar nicht schlecht ist, denn es zwingt mich dazu, aktiv zu sein, Dampf zu machen, dass bei mir etwas weitergeht, wobei ich allerdings anmerken

muss, dass ich ja ohnehin meine eigene Wohnung bezogen hätte, wenn ich erst einmal den Mietvertrag und die Schlüssel habe - aber ich hätte mir mit dem Abtransport meiner Habseligkeiten etwas Zeit lassen bzw. die Sache besser einteilen können. So aber werde ich vermutlich tagsüber emsig sein, wenn der Gute in der Arbeit ist.

Gestern war er noch so "erledigt" von seinem Abgang von seiner Familie, dass Beate ihm geraten hat, krank zu feiern, und ich denke, heute war er auch nicht im Dienst. Das geht mich nichts an und interessiert mich auch nicht weiter, denn wenn ich nach Hause komme, ist Wochenende, und da arbeitet er so und so nicht und wird in der Wohnung hocken wie eine Made in einem Schnitzel, das in der Sonne liegt.

Nächste Woche wird er wohl wieder seiner Arbeit nachgehen, und da kann ich dann mein Zeug abtransportieren, ohne ihm zu begegnen. Man muss schließlich nicht von allem haben.

Am Samstag, als ich den ganzen Tag über daheim war, hat sich mit Beate ein langes Gespräch ergeben.

Nun ja, ich scheine derzeit Glück bei Frauen zu haben, denn sie möchte mir für immer und ewig eine gute Freundin sein, immer für mich da sein etc.

Ich bin für sie der wichtigste Mensch... hoppla... sie korrigierte sich... einer der wichtigsten Menschen, sagte sie.

Sie hat sich ein wenig hineingesteigert in die Meinung, die sie von sich hat, nämlich, dass sie die beste Menschenkennerin von allen sei.
Sie analysiert, ja, sie scannt Menschen, sie muss sie noch nicht einmal persönlich kennen, und sie weiß schon, wie sie sind...
Hmm... bei dieser Analyse bin ich seinerzeit als der, der der Richtige für sie ist, durchgekommen, und als die Beziehung zwischen uns verflachte, war ich eben nicht mehr der Richtige...
Geendet hat das Ganze dann damit, dass wir beide geheult haben, und mir war anschließend wirklich wohler, weil ich mich während des Gesprächs sozusagen endgültig abgenabelt habe.

Bah, ich will dich nicht noch mehr mit meinem längst überholten Ehekram belasten - ich habe schon zu viel davon geredet.

Was ich jetzt gebrauchen könnte, wäre ein Urlaub zum Entspannen, aber nicht in der Sonne liegen und mit der Seele baumeln, sondern aktiv sein, etwas tun. Ich merke, dass mir die Sache in Deutschland gut tut, weil ich da zumindest einen Teil der Zeit konzentriert sein muss, und nur, wenn ich allein so durch die Gassen irgend einer fremden Stadt bummle - meist nur eine Stunde oder so, weil wir selten länger Pause machen -, habe ich Zeit darüber zu sinnieren, dass das so ganz allein nicht wirklich Spaß macht. Immerhin ist es mehr Ablenkung, als wenn ich in Österreich wäre, denn manche Gegenden in Deutschland sind halt schon ein wenig "exotischer"...

Ich habe meiner Vermieterin ein Mail geschickt, dass ich die Wohnung gern schon am Samstag übernehmen würde, bloß wenn es bei ihr nicht anders geht, eben am Dienstag Nachmittag.

Ich habe die Wohnung bisher zweimal mit ihr gemeinsam besucht, beide Male am Samstag, also denke ich, sollte das kein Problem sein, aber wir werden ja sehen. Ich habe erst heute, Dienstag, gemailt und heute noch keine Antwort erhalten. Wenn ich bis Donnerstag nichts von ihr höre, rufe ich an. Ich freue mich jetzt schon richtig auf meine "neue Unabhängigkeit" - ganz im Gegensatz zu früheren Phasen, in denen ich allein gelebt habe, mit ein paar kleinen Ausnahmen, denn so wirklich wohl hab ich mich da nie gefühlt - weniger wegen des allein Wohnens als wegen des Nichtvorhandenseins einer (Fern)Beziehung.

Ich bin halt nun mal ein Mensch, der gern sein Leben teilt - in welchem Maße, das bleibt der Situation überlassen.

Ich denke, dass es gut ist, dass ich nach und nach alte Bekannte kontaktiere, wie ich es ja schon seit einiger Zeit tue, damit ich meinen Freundeskreis "aktualisiere"

- das wird mir sicher helfen, nicht in der Isolation zu versumpfen und auch neue Leute kennen zu lernen.
Dass du nicht ein Bestandteil dieses Vorhabens bist, weißt du ja.
Ich meine, ich habe dich nicht gesucht, um dich zu "aktualisieren"...

Ich habe meine Erzählung fertig geschrieben, in der auch du vorkommst, und im Internet findest du sie unter der Adresse, die du ja schon kennst.
Einfach den obersten Link zu "Das Biotop" anklicken...
Es ist ein Jammer - keine Geschichte wird so, wie ich sie haben will...
Ich müsste einfach viel mehr Zeit und Geduld haben, um mehr daran zu feilen und zu verbessern, und "Das Biotop" ist leider auch so ein Produkt meiner Ungeduld.
Eigentlich müsste ich einen Roman daraus machen...
Nimm nicht alles wörtlich, was da drin steht - auch wenn zum Teil Wahres berichtet wird, so ist es doch nur eine Erzählung, und noch dazu eine misslungene, denn irgendwie ist sie so unvollständig, dass ich mich einigermaßen darüber ärgere...
Ich werde sie irgendwann einmal umarbeiten oder eine Fortsetzung schreiben.
Wie man weiß, brauchen solche Geschichten immer eine Portion Übertreibung und Pathos, damit sie wirken können, also denk dir nichts Schlimmes, falls dir die

eine oder andere Stelle nicht so gut gefallen sollte.

Ich bin heute ganz schön anstrengend, oder?
Nun ja, ich habe gerade viel Zeit... es ist jetzt 22:25 Uhr, und ich muss erst um kurz vor 7 Uhr aus den Federn.
Ich bin kein Langschläfer, also habe ich noch gut eine Stunde, ehe ich mich mit meinem neuen Buch, das du mir zum Geburtstag geschenkt hast, ins Bett verziehe.
Geduscht habe ich schon längst, trotz der Kühle hier im Zimmer, und ich hoffe, dass ich mich nicht verkühlt habe, da ich ja meine Haare immer lufttrocknen lasse.
Da fällt mir ein: Beate hat mir zum Abschied noch mal einen Haarschnitt verpasst - das kann sie wirklich hervorragend, und ich frage mich, wer das in Zukunft wohl übernehmen könnte - ich kenne keine Friseusen....
Aaahhhh...!
Noch etwas fällt mir ein...
Ich habe bei einigen Vorstellungen mit dem Handy Tonaufnahmen von "meinem" Auftritt gemacht, und eine davon ist schon auf meiner Homepage zu hören.
Die Qualität ist nicht so besonders, wie du dir denken kannst, aber immerhin könntest du hören, wie "toll" ich als Schauspieler bin...
Was ich rede und was die Anderen, wirst du sicher heraushören - du kennst doch meine Stimme, oder?
Die "imitierte" weibliche Stimme bin jedenfalls auch

ich...
Nun ja, meinen Kollegen am Burgtheater kann ich nicht das Wasser reichen, aber fürs Erste bin ich ganz zufrieden, zumal die Aufnahme von einer der ersten Vorstellungen in einer neuen Rolle ist.

So, jetzt höre ich aber endlich auf mit meinem Geschwafel.
Ich wünsche dir (einen) schöne(n) Tag(e) und freue mich, dich bald einmal wieder zu sehen.

Ich umarme dich,
Paul

*

Ich spürte, dass ich müde war.
Vom langen Lesen hatte ich leichte Kopfschmerzen bekommen, und ich dachte daran, erst einmal eine Runde zu schlafen und die Lektüre vielleicht zum Frühstück fortzusetzen, doch dann sah ich das Datum und las die ersten Zeilen des nächsten Mails. und da entschloss ich mich, zumindest noch diesen einen elektronisch versendeten Brief zu lesen.
Außer der "Abnabelung" Pauls von seiner Ehefrau und der Tatsache, dass er sich zum Zeitpunkt des vorigen Emails zum Theaterspielen in Deutschland befunden hatte, war nicht viel Neues darüber zu erfahren gewesen, was sich zwischen den Beiden abgespielt haben mochte, und diesmal erschien mir Paul weit weniger gefühlsgeladen gewesen zu sein, gerade so, als hätte er seine Worte von früher doch Ernst gemeint gehabt und akzeptiert, dass Helene ihm nicht mehr bieten wollte oder konnte als ein gelegentliches erotisches Abenteuer. Er schrieb ihr tatsächlich wie einer guten alten Freundin, und in Helene musste der gleiche Eindruck entstanden sein wie in mir. Sie war bestimmt höchst zufrieden gewesen...
Doch schon die Anrede des nächsten Mails ließ mich meine Müdigkeit vergessen. Ich scherte mich längst nicht mehr um das Rauchverbot und zündete mir eine weitere Zigarette an, dann begann ich zu lesen...

*

Donnerstag, 18. März 2004

Mein geliebtes wildes Reh!
Meine süße Leopardin!

Der Anfang ist immer das Schwierigste, also beginne ich damit, dass ich aus dem Flughafengebäude hinaus gewankt bin, die Parkgebühr bezahlt und dann das Ticket innen an der Seitenscheibe des Autos eingeklemmt habe.
An der Schranke habe ich das Fenster heruntergelassen und dabei das Ticket in die Tür hinein gezogen.
Die Dame am Servicetelefon der Parkautomaten hat mir dann nach einigem Hin und Her ein Ersatzticket ausgedruckt.
Nach der Ausfahrt habe ich die letzte von meinen Zigaretten versehentlich abgebrochen und daher deine Gauloises geöffnet, die du mir überlassen hattest.
Dann bin ich nach München gefahren, ganz langsam, denn alles war ein wenig verschleiert.
In München habe ich im Schanigarten einer Konditorei einen Espresso ohne Zucker getrunken - das ziehe ich jetzt durch - und dort auch dein erstes SMS erhalten.
Dein "mir bricht das Herz" hat genau meine Verfassung widergespiegelt...
Trotzdem - oder gerade deshalb - habe ich mich dann zu meinem Freund Gunter begeben, mit seinen Katzen

gespielt, sie fotografiert, und dann bin ich mit ihm in einen anderen Schanigarten gegangen und habe wieder einen zuckerfreien Espresso getrunken.
Dort habe ich dein zweites SMS bekommen, gerade, als wir am Aufbrechen waren. Ich war Gunter schnell los und habe dir geantwortet....
Dann bin ich losgefahren, immer schön langsam, bis Salzburg, und an der Tankstelle Söllheim waren keine Gauloises mehr da. Also habe ich Zigaretten gekauft und wieder einen Espresso getrunken. Ich weiß nicht mehr, wo mich dein Anruf aus Athen erreicht hat, weil ich alles rings um mich vergessen habe, als ich deine Stimme hörte...
Ich wollte, konnte noch nicht so bald nach Hause, also bin ich kurz entschlossen von der Autobahn abgebogen und habe eine Bekannte in der Nähe von Linz besucht.
Sie hat sich ziemlich gewundert, als ich so unerwartet auftauchte...
Um 22 Uhr habe ich schließlich die letzte Etappe in Angriff genommen, und ich bin dann auch gut nach Hause gekommen, so ungefähr um Mitternacht.
Es ist wie verhext, aber erst um 4 Uhr habe ich mich dazu entschließen können, zu schlafen...

Ich habe meine Schilderung der Heimfahrt mit Absicht eher sachlich gehalten, weil ich nicht jammern will.
Du weißt, was ich dabei empfunden habe, weil es dir

genau so ergangen ist.
Ich habe mir die ganze Zeit über eingeredet, dass das eben der "Deal" war - du bist bis dann und dann bei mir, wir haben eine schöne Zeit, dann fliegst du ab, und das war's... bis zum nächsten Date.
Du hast dir das auch eingeredet...
Wir hatten beide von Anfang an Angst davor, dass so ein Deal nicht funktionieren würde, und weil wir nicht darauf verzichten wollten, was wir Schönes haben könnten, haben wir die Angst überwunden, und das war gut so.
Ich kann nur für mich sprechen und davon, was ich fühle, doch so, wie ich mit jedem Tag mehr Liebe in mir gespürt habe, habe ich auch mit jedem Tag mehr Liebe in dir gespürt. Dein Lieblingswort "Affäre", das am Anfang vielleicht noch seine Berechtigung gehabt haben mag, habe ich zunehmend als Beleidigung dessen empfunden, was sich zwischen uns entfaltet hat, was von Tag zu Tag mit dem Quadrat der Geschwindigkeit stärker, intensiver, erfüllender geworden ist:
Liebe.
"Phase 3" hat sich zum Gipfel dessen entwickelt, was ich jemals für dich empfunden habe, und daher kommt wohl auch, dass ich mich dir hingeben konnte wie nie zuvor irgendwann oder sonst irgendwem.
Ich bin jetzt überzeugt davon, dass ich wirklich all die Jahre seit "Phase 2" blockiert war, unfähig, mich so fal-

len zu lassen, wie ich es damals bei dir konnte und jetzt wieder kann.
Du hast mir davon erzählt, wie das Ende von "Phase 2" aus deiner Sicht war, dass es dir "nicht gut gegangen" ist, dass du an mich denken musstest, unter anderem auch Schuldgefühle hattest ("ich dachte, du würdest von mir nie wieder etwas wissen wollen"), und ich sah die Sache damals auch ziemlich falsch und verschüttete das, was mich verletzt hatte, obwohl ich dachte, ich respektierte deine Entscheidung als die Richtige.
Wir haben "Phase 2" versaut, weil wir nicht reif genug waren, zu uns und zu unseren Gefühlen zu stehen.

Wie viele Chancen geben uns die Sterne noch?
Genehmigen sie uns im Oktober oder so eine "Phase 4"? Als Affäre?
Oder wäre das gewissermaßen noch in ungebrochener Liebe die "Phase 3"?
Oder was?

Ich könnte der Einfachheit halber sagen:
Okay, Paul - du liebst sie, aber sie will es nicht kompliziert haben, also halte dich zurück, freue dich darauf, dass sie wieder kommt, dass du wieder eine schöne Zeit mit ihr haben wirst, bis sie dich wieder verlässt. Vielleicht hast du Glück und das ist dann noch nicht das Ende, wer weiß...

Ich kann aber auch sagen:
Paul, du Trottel! Sie hat immer wieder Dinge gesagt, Bemerkungen gemacht, schon in ihren E-Mails, dann immer öfter beim Zusammensein, die sich aus ihrem Panzer der Abwehr heraus geschlichen haben - zufällig? unbewusst? mit Absicht?
Beispiele gefällig? Bitteschön: "Ich möchte meine Freundin in Bad Ischl besuchen - schau mal wegen günstiger Quartiere..." oder "Vielleicht können mich Bekannte/Freunde nach Venedig mitnehmen....du könntest mich doch von Venedig abholen" ...
Paul, das klingt ganz danach, als meinte sie es ernst! Sie will dich nicht vergessen oder verdrängen, sie will ihre Gefühle bewahren, bis es an der Zeit ist...
Aber wird das funktionieren?
Ist es das, was du wirklich willst?
Ist es das, was sie wirklich will?
Was sagt sie sonst noch?
"Ich würde dich am liebsten mitnehmen" und "ich könnte überall arbeiten, meine Shiatsus machen, und du könntest..." und "ich könnte nie in Wien leben, aber in der Umgebung, auf dem Land, oder in der Steiermark"...
Paul, denk mal nach! Auch wenn das nur Äußerungen in unterschiedlichen Situationen sind, die vielleicht spontan getan werden - da geht etwas vor in ihr! Sie

spielt mit Möglichkeiten, mit Varianten, wie das Leben auch sein könnte!
Paul, du Vollidiot!
Du hast sie gehen lassen, ohne ihr zu sagen, was du wirklich willst!! Du willst sie - mit Haut und Haar und der Summe von allem, was diese unvergleichliche Frau ausmacht, die dich seit Jahrzehnten nicht loslässt, die dir gibt und der du geben kannst, was Menschen, die einander lieben, auch immer einander geben können.
Du hast ihr nicht gesagt, dass du dein Leben mit ihr verbringen möchtest.
Vielleicht hat sie darauf gewartet?
Du feiges Arschloch hast ja und amen gesagt, anstatt ihr zu sagen, dass die meisten Menschen nicht einmal die Hälfte dessen haben, was ihr habt und was ihr verkommen lasst, weil ihr Angst habt vor der Vergangenheit und der Zukunft.
Die Gegenwart zählt - sehr schön!
Und was, bitte, ist die Gegenwart?
Ist es dieses unfassbare Verlangen nach einander, diese unglaubliche Verbundenheit, dieser Gleichklang der Seelen trotz aller Unterschiedlichkeiten? Nur gerade jetzt in diesem Augenblick, da ihr beisammen seid?
Oder ist es eine zukünftige Gegenwart? Phase 4, Phase 5 usw.?
Oder ist es das Nützen einer Chance, Vergangenheit und Zukunft zu einer einzigen gesamten Gegenwart zu

machen?
"Das Haus, in dem wir wohnen, soll verkauft werden..." und "die Versicherung soll wahnsinnig verteuert werden..." und "wenn das so kommt, kann ich meine Praxis zusperren..."
Paul, nun sag ihr, dass auch du etwas bist, das ihr Leben positiv verändert hat und weiterhin positiv beeinflussen kann, dass du zu ihrem Leben gehörst wie sie zu deinem! Wo und wie auch immer!
Sag ihr, dass du sie nicht einengen, sondern bereichern wirst, dass du sie nicht erdrücken, sondern schweben lassen willst...
Risiko?
Vielleicht.
Vielleicht auch nicht.
Ihr beide seid jedenfalls jedes Risiko wert...

Helene, was soll ich noch sagen?
Ich liebe dich, ich will dich, ich brauche dich!

Ich küsse dich überall und ohne Ende,
Dein Paul.

P.S.: Ich nehme auch Phase 4 bis 10, wenn es denn sein soll, aber denk nicht nur nach, sondern höre auch und vor allem auf dein Herz.

*

Mir war, als hätte mir jemand mit einem Sandsack oder etwas Ähnlichem auf den Kopf geschlagen.
Die Zigarette, die ich während des Lesens völlig vergessen hatte, war aus dem Ascher gerollt und hatte ein hässliches Loch mit einem braunen gezackten Rand in die hübsche weiße Tischdecke gebrannt, doch das registrierte ich ganz nebenher. Wie konnte ich mich jetzt um solch eine Bagatelle kümmern?
Der Bildschirm verschwamm vor meinen Augen, als hätte sich der Nebel über den Isarauen über das ganze Tal hinweg bis in mein Zimmer ausgebreitet, um in meinen Augen zu salzigem Wasser zu werden.
Welch eine Kraft, welch eine Leidenschaft, welch eine tiefe Liebe sprach aus diesem Brief!
Wäre nur ein einziges Mal einen solcher Brief an mich gerichtet gewesen!
"Ja! Ja, mein Geliebter!" hätte ich geschrien, gejubelt, geschluchzt!
Pauls Brief hatte mir die Augen geöffnet. Ich hatte eine einsame Entscheidung getroffen, eine falsche Entscheidung, und das, was jetzt meine Brust zusammenschnürte und mir den Atem nahm, war der Schmerz über die Erkenntnis, war das Gefühl, das in mir aufgewallt war, als wären Pauls Worte an mich gerichtet.
Ich hatte Benno keine Chance gelassen.
Ich hatte seine Anrufe nicht beantwortet, meine österreichische Rufnummer aufgegeben, so bald ich in Mün-

chen eingetroffen war, seine Mails ungelesen gelöscht, bis keine mehr kamen, und ich hatte jeder noch so kleinen Versuchung, ihn anzurufen oder ihm zu schreiben, ihm irgend etwas zu erklären, widerstanden.
Wäre Benno fähig gewesen, mich so zu überwältigen, wie Paul es gelungen war?
Himmel! Warum hatte ich die Emails gelöscht? Ich hätte sie doch nur einfach nicht zu öffnen brauchen, dann hätte ich zumindest jetzt...
Nein. Es war gut so wie es war.
Was, wenn ich jetzt, zwei Jahre danach, herausfände, dass ich eine noch größere Idiotin gewesen war als es mir ohnedies schon klar geworden war?
Es hatte keinen Sinn, jetzt Versäumtem, Verlorenem nachzutrauern...
Aber für Helene war es noch nicht zu spät!
Wenn sie ein Mensch aus Fleisch und Blut, eine liebende Frau war, musste sie beim Lesen dasselbe empfunden haben wie ich.
Ich an ihrer Stelle hätte sofort ein kleines Köfferchen gepackt, und nichts und niemand hätte mich davon abgehalten, die nächste Maschine zu nehmen, die mich zu Paul brächte.
Die Flucht zu ihm wäre weit sinnvoller und richtiger gewesen als die Flucht vor zwanzig Jahren, und wenn sie auch tausendmal ihr halbes Leben in einer anderen Welt verbracht hatte.

Aber... konnte ich das überhaupt beurteilen?
Ich hatte gerade einmal zwei Jahre in der freiwilligen Verbannung hinter mir, hatte zwar - bis vor einer Stunde - einen Job gehabt, der mich ernährte, eine kleine hübsche Wohnung, ein kleines flottes Auto, aber ich war weit entfernt davon, mir ein neues Leben aufgebaut zu haben, in dem ich mich wohl fühlte oder gar glücklich und zufrieden war, auch wenn ich mir das bisweilen einzureden versuchte.
In meiner Situation wäre es einfach, die Brücken, die noch nicht einmal fertig gebaut waren, hinter mir abzubrechen und der Stimme meines Herzens zu folgen, auch, weil mein Herz ungeteilt gewesen wäre. Mein Herz war nicht in München. Mein Herz war nirgendwo. Bis ich Pauls Email gelesen hatte...
Jetzt spürte ich es in meiner Brust, spürte, dass es aufbegehrte gegen meinen Kopf, der es zwei Jahre lang geknebelt hatte, und der erste Triumph des Widerstands war die spontane Kündigung meines Jobs gewesen.
Was würde mein Herz als Nächstes fordern?
Und was Helenes?

*

Sonntag, 21. März 2004

Liebster Paul, jetzt ist es genau so wie ich es nicht haben wollte; emotionales Durcheinander, Sehnen, Leiden für beide von uns.

Ich habe dir wieder das Herz gebrochen..... ich fühle mich nicht gut. Ich habe dir gesagt, dass ich meinen Mann nicht verlassen will - und auch nicht Chios. Ich weiß, das wird dich treffen, denn du hoffst ja, dass ich vielleicht doch umsiedle, um bei dir zu sein.

Ich weiß aber auch, dass es für mich noch nie so funktioniert hat: eine Beziehung für eine andere aufzugeben.

Ich lebe nun schon 89seit so vielen Jahren hier, und so viele Widrigkeiten es auch gibt - es ist für mich noch immer ein schöner Platz, an dem ich gut leben und arbeiten kann, und da gibt es ja auch noch Anastassios.

Verzeih mir, aber für so einen Schritt bin ich nicht bereit. Außerdem hättest du mir das nicht schreiben müssen; ich wusste das sowieso; wie immer verstehen wir uns, auch ohne dass es ausgesprochen wird.

Ja, ich hab mich verliebt in dich!

Ja, ich begehre dich, aber ich will mich nicht entscheiden müssen zwischen hier und dort, dir und ihm.

Nimm, was ich dir geben kann und erwarte nichts - schon vergessen?

Auch, dass ich nie wieder mit einen Mann zusammenle-

ben will? Ich habe das Ernst gemeint.
Muss man immer zusammen sein?
Alltag kann die stärkste Liebe umbringen. Am Anfang ist es umwerfend. Mann und Frau haben die rosarote Brille auf - und was passiert dann, wenn Wünsche unerfüllt bleiben, wenn jeder in eine andere Richtung will?
Lass uns Liebende bleiben mit rosaroter Brille!
Ich liebe dich, und daran ändern auch Distanz und Zeit nichts.
Ich hoffe, du kannst das auch, aber ich will nichts von dir verlangen, außer:
Lass los den Schmerz, die Wünsche, und freu dich wie ich, dass wir uns wieder gefunden haben.
Ich küsse und umarme dich,
deine Helene.

*

Ich hätte brüllen mögen.
Ich kam mir vor wie in einem Film, der eine unglückliche Wendung nahm, zu einem Zeitpunkt, an dem bereits das glückliche Ende greifbar gewesen war, und mich so in ohnmächtige Wut versetzte. Ohnmächtig, weil ich das, was auf der Leinwand ablief, nicht beeinflussen konnte. Wut, weil ich wusste, spürte, wie der Film enden sollte, ja, musste! Und das Drehbuch war falsch! Absolut falsch!
Wäre Paul jetzt hier gewesen, hätte ich ihn in die Arme genommen, ihn getröstet. Ich hätte mich ihm hingegeben und für ihn Helene sein wollen, die er liebte, die er brauchte - hier an seiner Seite, nicht Tausende von Kilometern entfernt, sich nicht für das Allerwichtigste im Leben entscheiden wollend, sondern ihre und seine Gefühle vertagen wollend auf unbestimmte Zeit.
Lass uns unsere Liebe in die Tiefkühltruhe packen! Wir tauen sie auf - irgendwann, wenn es gerade passt...
Ich zündete mir mit zitternden Fingern eine Zigarette an und stürmte hinaus auf die Veranda.
Was war bloß los mit mir?
Ich starrte hinab auf die im Nebel verschwommenen Lichter der Stadt.
Wo mochte Benno jetzt wohl sein?
Hatte ich ihm das Herz gebrochen? Oder hatte er sich bald getröstet, eine Andere lieben gelernt?
Ging es ihm gut?

Wieso interessierte mich das plötzlich? War es mir nicht zwei Jahre lang völlig gleichgültig gewesen?
Diese Frage konnte ich mir beantworten. Es lag daran, dass ich Pauls Notebook gefunden, seine und Helenes Mails gelesen hatte und mich emotional in ihre Geschichte so weit hatte hineinziehen lassen, dass meine eigenen Narben aufgebrochen waren. Es war beinahe so, als wäre Helenes Geschichte meine eigene, inklusive einer möglichen Fortsetzung ihrer Gegenwart in meiner Zukunft, und das machte mir Angst.
Jede Entscheidung ist die richtige in der Zeit, in der sie getroffen wurde, sagt man. Ich war nun nicht mehr davon überzeugt. Ich dachte mehr und mehr, dass wir nur zu gerne weise Sprüche dafür erfinden, uns mit unseren Fehlern nicht auseinander setzen zu müssen.
Früher haben wir Fehler begangen. Heute spricht uns eine Armada von Psychologen von allen Fehlern frei, abgesehen von ein klein wenig Eigenverantwortung. Wir können nichts dafür - gleich, worum es sich handelt. Wir sind immer Opfer, nie Täter, dachte ich und verspürte zum ersten Mal seit langem den Beweis des Gegenteils: ein unerwartetes Schuldgefühl.
Ich schnippte den Rest meiner Zigarette der diffus beleuchteten Wolke entgegen, in die sich Freising mittlerweile verwandelt hatte, und kehrte ins Zimmer zurück. Ich nahm die feuchte Kälte auf meiner Haut mit ins Bett, wickelte mich fest in die Decke ein und machte

mich daran, weiter zu lesen...

*

Montag, 22 März 2004

Liebste Helene,

vorweg: ich habe diese Antwort erwartet, befürchtet... Ich musste dir trotzdem schreiben, was ich geschrieben habe, weil ich es mir nie verziehen hätte, wenn ich nicht zumindest versucht hätte, dich zu überzeugen.
Einerseits habe ich Ernst genommen, was du gesagt hast, von wegen Chios nicht verlassen etc., aber andererseits glaube ich erkannt zu haben, dass du dir dessen manchmal nicht so sicher warst. Manches, das du gesagt hast, hat in mir die Hoffnung genährt, dass du an deinem "Lebensplan" in gewisser Hinsicht zu zweifeln begonnen hast.
Eine Entscheidung zwischen dort und hier, ihm und mir .... das ist zu viel verlangt - das weiß ich.
Läge nicht eine so große Entfernung zwischen uns, und wäre es nicht so ein Problem, dass auch ich zu dir kommen könnte, hätte ich dich nicht mit meinen Wünschen in so einer Form konfrontiert, dass es dich überfordern könnte.
Ich habe einfach Angst vor der langen Zeit ohne deine körperliche Nähe, Angst vor der Ungewissheit, wann und wie diese Nähe wieder zustande kommen kann - auch wenn ich dich aus der Ferne lieben kann und darf.
Deinen Absatz über den Alltag usw. verstehe ich nicht

ganz.
Was für einen Alltag hast du jetzt? Oder seit Jahren? Oder in Zukunft?
Du schreibst, dass der Alltag die stärkste Liebe umbringen kann. Stimmt.
Aber das muss nicht so sein.
In meinen sonstigen Beziehungen war es nicht der Alltag, der früher oder später das Ende der Liebe verursacht hat, sondern die Erkenntnis mit der Zeit, dass es entweder nicht Liebe war, oder dass sich Menschen über einen gewissen Zeitraum hinweg unterschiedlich entwickeln, andere, neue Perspektiven entdecken und einfach nicht mehr um der Gemeinschaft willen zurückstecken. Man bedenke aber, in welchem Alter bzw. Reifestadium so etwas jeweils passierte.
Wir beide hatten leider nie wirklich die Chance, uns selbst und der Welt zu beweisen, dass es den Alltag gar nicht gibt, wenn man ihn nicht zulässt.
Man stellt sich unter Alltag vor, dass man zur Arbeit geht, den Haushalt versorgt, die tägliche Routine mit all ihren Unannehmlichkeiten erledigt, sowie finanzielle Sorgen und andere Probleme, die das "normale" Leben so mit sich bringt - und dann kommt die so genannte Freizeit, die schöne Zeit, die gemeinsame Zeit, die irgendwann vom Alltag erdrückt wird.
So sehe ich das nicht.
Der Alltag in der üblichen Definition ist eine Erfindung.

Wenn ich mit mir nicht im Reinen, wenn ich mit meinem Leben unzufrieden oder gar unglücklich bin, ist alles Alltag, w.o.

Wenn ich glücklich bin, wenn ich das vom Leben habe, was ich mir wünsche, werden die Dinge, die man Alltag nennt, von einem völlig anderen Geist erfüllt, stelle ich mich dem Lästigen, dem Unangenehmen, dem Notwendigen mit so viel positiver Energie, dass jede Widrigkeit davon überstrahlt wird.

Das kommt nicht von der rosaroten Brille... das kommt von der Liebe, von der Anerkennung und von der Geborgenheit.

Ich hatte in den zwei Monaten, die du hier warst, nie die rosarote Brille auf, aber ich fühlte mich geliebt, anerkannt und geborgen. Ich habe mehr mit mir selbst gerungen, mehr kritische Fragen an mich gestellt, als je zuvor.

Ich wollte mich nicht selbst belügen, sondern Gewissheit haben.

Ich habe jeden Aspekt, jede Variante einer gemeinsamen Zukunft mit dir hinterfragt, und das war der wahre Grund dafür, dass ich in dieser Zeit gelegentlich verunsichert und traurig war.

Ich hatte, bei Zeus, keine rosarote Brille auf.

Wenn ich glücklich war, dann deshalb, weil ich dir meine Gefühle offenbaren konnte und spürte, dass auch du mehr und mehr zugelassen hast, mir deine Gefühle

zu zeigen, und weil ich überwältigt war und bin von unserer Verbundenheit, die wir wiederentdeckt haben.
Ich habe nichts beschönigt, und keine wie auch immer gefärbte Brille hat mir die Fiktion einer falschen schöneren Wirklichkeit vorgegaukelt.
Das steht in keinerlei Widerspruch zu meinen dich vielleicht überraschenden romantischen Anwandlungen. So bin ich eben manchmal, wenn die Gefühle mit mir durchgehen, sei es, wenn ich vom Berg in ein blühendes Tal hinunter blicke, wenn ich ein Eichhörnchen beim Futtersammeln beobachte, oder wenn ich am Ufer der Isar in deine Augen sehe.
Die Ursache ist schnell erkannt: Liebe.
Sei es nun die Liebe zur Natur oder Liebe zu dir...
Liebe passiert, habe ich einmal geschrieben.
Sie will aber auch richtig behandelt werden.
Liebe fordert Aufmerksamkeit, Schutz, Handeln, und sie erfindet immer neue Prüfungen, die bestanden werden sollen.
Mit einer rosaroten Brille auf der Nase fällt man durch.
Man muss die Endorphine richtig benutzen, sie nicht auf die Brillengläser schmieren in der Erwartung, dass alles gut sei und bleiben würde.
Habe ich gesagt, dass ich mir ein Leben mit dir nur so vorstelle, dass wir unter einem Dach wohnen?
Dass du meine Wäsche waschen und bügeln, mein Geschirr spülen, die Wohnung aufräumen, die Fenster

putzen... blablabla... sollst?
Ich habe das noch niemals von jemandem verlangt, bis auf die Sache "unter einem Dach" - die habe aber auch nicht ICH verlangt, sondern war es meist eine irgendwie selbstverständliche Sache, etwas, das sich so ergeben hat, und die Zeiten, in denen ich mit niemandem unter einem Dach gewohnt habe, waren nicht grundsätzlich die schlechtesten.
Worin siehst du hier das Problem?
Es ist nur zu verständlich, dass ich die Tage/Nächte, die wir gemeinsam verbracht haben, nicht nur unter einem Dach, sondern auch in einem Bett, genossen habe und mir nichts lieber wäre, als den Rest meiner Tage und Nächte so mit dir zu verbringen, von anderen Aktivitäten mal abgesehen, aber hast du in diesen zwei Monaten mit mir zusammengelebt?
Ja, du hast gesagt, dass du nie wieder mit einem Mann zusammenleben willst.
Vorausgesetzt, dein jetziges Zusammenleben mit einem Mann wäre einmal beendet, nehme ich an...
Diese Aussage ist eines der kleinen Mosaiksteinchen, aus denen sich meine Hoffnung zusammensetzt, dass du den derzeitigen Zustand nicht für alle Zeiten als einbetoniert ansiehst. Ein paar andere Mosaiksteinchen habe ich dir ja in meinem Mail schon aufgezählt, und es gibt noch mehr davon.
Ich will es jetzt aber erst einmal dabei belassen. Du

sollst nicht denken, dass ich dir irgend etwas einreden möchte.
Ich will dir lediglich sagen, dass ich deine Ansichten respektiere, aber in einigen Punkten nicht deiner Meinung bin bzw. finde, dass du dich da und dort selbst belügst. Du wirst jetzt klarer Weise protestieren - das täte ich an deiner Stelle vermutlich auch; vielleicht erkennst du ja irgendwann, dass ich Recht habe oder du weißt es ohnehin schon und gibst es bloß nicht zu. Vielleicht bin aber auch ich derjenige, der sich irrt...
Muss man immer zusammen sein? fragst du...
Nein, nicht jeden Tag, jede Stunde...
Ich habe auch nicht gesagt, dass ich jetzt sofort und auf der Stelle erwarte, dass du alles vergisst, was dein früheres Leben ausmacht, und zu mir übersiedelst.
Ich habe lediglich gesagt, dass ich mein Leben mit dir verbringen möchte.
Das ist kein akuter Notfallplan, sondern genau das, was ich dir so nie gesagt habe, so lange du noch hier warst, womit ich aber auch nicht länger als nötig warten wollte. Davon, wann und wie dieses Leben mit dir stattfinden soll oder kann, habe ich nichts gesagt. Ich habe ja des öfteren erwähnt, dass ich flexibel bin.
Aber ich bin nicht so geübt darin wie du offenbar, von dem geliebten Menschen über längere Zeiträume getrennt zu sein, die Nähe nicht zumindest dann und wann auch physisch zu spüren.

Sicher ist die Liebe vorhanden, das Gefühl der Verbundenheit, und, wie du schreibst, das Begehren, auch die Vorfreude, einander irgendwann wieder in den Armen zu halten, und daran ändern auch Distanz und Zeit nichts, wie du ebenfalls schreibst.
Sicher nehme ich, was du mir geben kannst und erwarte nichts - wenn mir nichts anderes übrig bleibt.
Zufrieden bin ich nicht mit dieser Variante, aber vielleicht gewöhne ich mich ja daran, zumindest für so lange, bis sich etwas zum Besseren wendet...
Immerhin bin ich dankbar für jede Minute, die du mir bisher gegeben hast.
Du hast nicht mein Herz gebrochen, meine Liebste.
Diesmal nicht.
Ganz im Gegenteil.
Du hast mein Herz wieder geöffnet, das viele Jahre lang verschlossen war.
Sich sehnen und Schmerz empfinden sind mit Liebe untrennbar verbunden, wenn das, was die Liebe fordert, nicht erfüllt werden kann. Das ist aber kein Grund, nicht zu lieben, sondern ein Grund, das Sehnen und den Schmerz zu akzeptieren, weil sie Zeichen der Liebe sind.
Ich bin also gewissermaßen glücklich darüber, dass ich mich nach dir sehne, dass ich Schmerz über unsere Trennung empfinde, weil ich auch dadurch spüre, dass ich dich liebe.

Da du von Sehnen und Schmerz für uns beide schreibst, trifft das wohl auch auf dich zu.
Ich fühle mich auch nicht gut bei dem Gedanken, dass es dir so gehen könnte wie mir, aber andererseits will ich ja, dass du mich liebst - und leider geht es nun mal nicht ohne Sehnen und Schmerz ab in unserer Situation.
Wie würdest du dich fühlen, wenn ich dir geschrieben hätte: *Liebe Helene, es geht mir gut, schade, dass du schon fort musstest, aber wir wussten das ja von Anfang an. Also mach dir nichts daraus, lass los, vergiss den Schmerz und das Sehnen, wir werden uns schon mal wieder sehen. Bis dann und tschüss.*
Ist es das, was du willst?
Dann hätte ich mich in dir allerdings arg getäuscht...
Du wusstest lange vor mir, wie die Lawine ins Rollen kommen würde - deshalb ja auch dein Vorsatz, das Schneebrett nicht loszutreten.
Aber wieso wusstest du das?
Ich wusste es nicht.
Ich hatte mir - zögernd, nicht wissend, ob du das wollen würdest, nicht wissend, ob du noch die sein würdest, die ich vor langer, langer Zeit gekannt hatte -, eine erotische Aufmunterung für meine angeknackste Psyche erhofft, zudem ein interessantes Kramen in alten Erinnerungen, ein spannendes Wiedersehen mit meiner alten Freundin erwartet, und erst, als ich deine

Abwehrhaltung und den Grund dafür erkannte, wusste ich es mit einem Mal.
Bis dahin hatte ich mehr geahnt als gewusst, dass ich dich noch immer liebte, aber nun wusste ich, dass auch in dir etwas geschlummert hatte.
Mir waren meine Gefühle bewusst geworden, als ich Beate aus heiterem Himmel von dir erzählte; wann dir? Vielleicht, als du mein erstes E-Mail bekamst?
Egal.
Mir könnte jede Frau, die ich jemals gekannt hatte, überraschend schreiben - es würde mich nicht wirklich aus der Fassung bringen.
Ich könnte aber auch von jeder Frau, die ich jemals gekannt hatte, erzählen, ohne auch nur eine Träne zu vergießen.
Warum also erging es dir so, wie du es mir erzählt hast?
Warum heulte ich los, als wären alle Dämme der Welt zugleich gebrochen?
Liebste Helene, erzähle mir nicht, dass das, was oben zwischen den Sternchen steht, das ist, was du willst.
Ich liebe dich, und du liebst mich.
Punktum.
Lassen wir Herz, Hirn und die Zeit für uns arbeiten!
Ich liebe dich jede Sekunde, ich will dich für immer - aber nicht panisch, nicht kopflos, nicht chaotisch.
Ich liebe dich, und daran ändern auch Zeit und Distanz

nichts - deine Worte, die auch ich geschrieben haben könnte.
Aber irgendwann, irgendwie, irgendwo geht es noch besser.
Es liegt an uns...

Nun fühle dich nicht mehr schlecht!
Ich fühle mich besser als ich mich seit langem gefühlt habe, nicht obwohl, sondern weil ich mich nach dir sehne, weil ich den Schmerz als Zeichen der Liebe akzeptiere, und das solltest du auch so sehen.
Kämpfe nicht dagegen an, dann wird es dir gelingen.

Ich umarme und küsse dich, mein wildes Reh!
Dein Paul.

*

Dienstag, 23. März 2004

Liebster Paul,
bitte versuch mich nicht zu überzeugen, ich bin grad mit allem total überfordert.
Mit dir, mit mir, mit hier, mit dort - und ich hab Angst, frag jetzt nicht warum; ich weiß es selbst nicht, ich versuche es herauszufinden, und dazu muss ich ein bisschen zur Ruhe kommen.
Im Moment bin ich grad wieder nur schwindlig und kann nicht klar denken.
Ich kann verstehen, dass du diese lange Zeit ohne Nähe schrecklich findest.
Es ist mit uns alles so schnell gegangen, auch das macht mir Angst, Angst dass es nur Strohfeuer ist, Angst, weil wir uns eigentlich nicht richtig kennen, Angst von dir gedrängt zu werden, Angst vor deiner Macht über mich, die mich alles rundherum vergessen lässt.
Ach Scheiße...
Ich weiß jetzt nicht mehr, was ich schreiben soll.
Ich denke an dich oft, nicht nur zu unserer vereinbarten Zeit.
Ich küsse dich,
deine verwirrte Helene.

*

Ich weinte.

Nein - ich heulte.

Ich konnte nicht anders; es kam einfach über mich.

Ich wusste nicht, wie lange es andauerte, doch als es vorbei war, fühlte ich mich wie von einer schweren Last befreit.

Ich konnte, wollte nicht mehr denken.

Ich konnte, wollte keine Zeit mehr damit verschwenden, irgend etwas Anderes zu tun, als tiefer und tiefer in Helenes und Pauls Leben einzutauchen. Ich befand mich bereits so tief darin, dass ich meinte, die Beiden zu kennen. Ich fühlte mich ihnen nahe wie Freunden, die mir ihr sorgsamst gehütetes Geheimnis anvertrauten und so ihr Leben mit meinem verknüpften.

Nein, ich war nicht länger ein Eindringling.

Ich gehörte dazu.

*

Dienstag, 23. März 2004

Meine liebste Helene,

ich habe nachgedacht und begriffen, dass ich dir den Kopf noch voller mache, als er ohnehin schon ist.
Ich weiß, dass alles sehr schnell gegangen ist und dass du deshalb unsicher und verwirrt bist.
Ich bin ja auch durcheinander, meine Welt steht auf dem Kopf, aber ich habe davor keine Angst.
Es ist kein Strohfeuer - ich bin 1000%ig sicher...
Aber ich werde dir jetzt keine "Überzeugungsmails" mehr schicken.
Ich liebe dich, und - das kannst du mir glauben - nach all der Zeit, auch wenn wir manches nicht von einander wissen, bin ich unser völlig sicher.
Das, was wir nicht wissen, sind Dinge, die nie zwischen uns stehen können.
Ich denke auch nicht nur zu "unserer" Zeit an dich, sondern vom Aufwachen bis zum Einschlafen...
Ich dränge dich nicht, ich lasse dir die Zeit, um zu klaren Gedanken zu kommen.
Was auch immer passieren mag - ich warte...

Ich umarme und küsse dich,
dein Paul

*

Montag, 29.März 2004

Liebster Paul,

nach dem anfänglichen Durcheinander hier, wegen Haus, Versicherung etc. hab ich mich schon ein bisschen beruhigt.
Wegen der Versicherung muss ich auf die neuen Gesetze warten; die kommen hoffentlich im April, und dann sehe ich weiter. Ich kann mit so etwas nicht gut umgehen - die griechische Bürokratie ist ja sehr undurchsichtig, und man ist vom Wohlwollen des zuständigen Beamten abhängig. Meist geht ohne Vitamin B gar nichts oder nur schwer, aber das will ja die neue Regierung alles ändern - und das in Lichtgeschwindigkeit.

Am Samstag war ich auf einer Geburtstagsparty, hab mich sinnlos betrunken, wie wild bis 1 Uhr getanzt, auf dem Heimweg gekotzt und am Morgen auch. Ganz bei mir bin ich auch heut noch nicht. Irgendwie hab ich so einen Ausflipper gebraucht.

Morgens geht mein erster Gedanke an dich, Abends mein letzter, und auch tagsüber frage ich mich oft, was du jetzt wohl machst. Ich vermisse dich, aber ich habe beschlossen, nicht mehr zu leiden, denn das ist wirklich scheiße, und schließlich würde es ja in meiner

Hand liegen, das zu ändern, aber.....

Ich umarme, küsse und drücke dich ganz fest,

deine Helene.

*

Sonntag, 4. April 2004

Meine liebste Helene,

es baut mich immer wieder auf, wenn ich deine Stimme hören kann, deshalb war dein heutiger Anruf für mich sehr schön und sehr wichtig.
Ich will ja wissen, wie es dir geht, und ich brauche auch immer wieder ein wenig Aufmunterung...

Du wirst nicht glauben, wo ich vorgestern, am Donnertag, war: im Klapp.
Ich hatte einen Kunden in der Nähe und habe die Wartezeit dazu benutzt, an "unserem" Tisch einen Toast zu essen und einen Espresso zu trinken.
Bei dieser Gelegenheit habe ich wie ein Spion ein Foto mit dem Handy gemacht, damit auch du sehen kannst, was dort umgebaut worden ist.
Viel ist es ja nicht...

Gestern habe ich mir - beinahe nach deinem Rezept - eine Gemüsesuppe gekocht, ohne Fleisch oder Knochen.. dafür mit echtem Suppengrün aus einem türkischen Laden. Weißt du, dass ich vorher noch nie eine Gemüsesuppe selbst gemacht hatte?
Speck mit Eiern zum Frühstück habe ich auch beibehalten, aber nicht täglich. Ich muss aufpassen, dass mir

die Eier nicht schlecht werden, deshalb lagere ich sie nicht in größeren Mengen ein. Die Hälfte des letzten Frühstücksspecks ist verschimmelt. Ich werde wohl bald einen Kühlschrank brauchen.
Eine neue Geschichte habe ich auch geschrieben...
Jetzt ist es schon fast Mitternacht. Ich habe nach deinem Anruf zu schreiben begonnen, mehrmals neu angefangen, weil ich dazwischen immer wieder etwas zu tun hatte, und jetzt hatte ich endlich Zeit damit zu Ende zu kommen.
Es wäre vermutlich zu mystisch, zwischen meiner Konzentration auf dich und deinen Träumen einen kausalen Zusammenhang herzustellen, aber man weiß ja nie... wir haben ja schon einige seltsame "Waves" erlebt.
Nun ja - sieht so aus, als würde ich auf meine alten Tage noch zum Spinner werden.
Da fällt mir etwas ein, das du gesagt hast: ich sei der Gefühlsmensch, du der Verstandesmensch... nicht wörtlich, natürlich. Ich habe das bisher immer nur umgekehrt gehört - dass nämlich ich der sei, der alles mit viel kühler Überlegung, mit dem Verstand, mit Logik etc. mache und dabei die Emotionen vergesse.
Da muss irgendwas nicht stimmen...
Hab ich schon gesagt: Hör auf dein Herz - dein Verstand kann dich nicht glücklich machen.
Hmmm..... jetzt kenne ich mich wirklich nicht mehr mit mir selber aus...

Ich sende dieses Mail nun endlich ab - bis bald, mein wildes Reh!
Ich umarme und küsse dich, und ich liebe dich bis zum Mond und zurück.

Dein Paul.

*

Dienstag, 6. April.2004

Mein liebster Paul,

danke für die Fotos, du siehst ja richtig schmal im Gesicht aus. Bist du noch immer am Abnehmen?
Beim Klapp erkennt man ja kaum eine Veränderung; na, ist ja egal.
Das mit der Selbsthypnose find ich sehr spannend; wie machst du das?
Hast du mich auch hypnotisiert?
Manchmal fühle ich mich so.
Ich lese die ganze Zeit in den Sternen nach, und ich glaub du hast da etwas nicht ganz richtig verstanden, vielleicht täusche ich mich auch. Unsere gemeinsamen Sterne haben total viele Aspekte zueinander, aber nicht so wie du schreibst, dass sie uns gewogen sind. Versteh das jetzt nicht wieder als negativen Input; da gibt es sehr viel Spannung drin, und auch diese große Anziehung, und einige Aspekte sind wirklich schwierig, aber das willst du sicher nicht hören.
Wenn doch, dann lass es mich wissen, dann schreib ich dir mal mehr drüber, aber ich will dich nicht in schlechte Laune bringen. Ich hoffe, das bist du noch nicht.

Mit der Arbeit geht es im Moment gar nicht gut, das Ostergeschäft ist total ausgefallen, aber ich hoffe, das wird sich dann im Mai ändern, wenn die ersten Charterflüge mit meinen Klienten wieder kommen, falls sie kommen.

Wenn ich viel über alles nachdenke, wird es mir schnell zu viel. So versuche ich, im Moment zu bleiben, das hilft mir auch mit meiner Sehnsucht nach dir, die grad ziemlich stark ist. Du weißt ja: ich kann nicht gut über Gefühle reden oder schreiben. ich weiß, wir werden uns wieder sehen. Ich kann nur nicht die ganze Zeit daran denken, denn dann hätte ich hier kein Leben mehr, und eigentlich lebe ich gerne hier, wenn ich auch oft herummeckere. Verstehst du, was ich meine? Ich hoffe, das erscheint dir nicht herzlos.

Nun, jetzt kommen wieder ein paar Bekannte ins Internetcafe, und ich schicke das Mail mal schnell ab.

Ich denke an dich, umarme dich, küsse dich,

Helene.

*

Dienstag, 6. April 2004

Meine liebste Helene,

Ich habe dich selbstverständlich nicht hypnotisiert!
Ich wüsste auch nicht, wozu ich das hätte tun sollen.
Oder meinst du, es wäre für mich erstrebenswert, dich in irgend einer Hinsicht unter Ausschaltung oder Beeinträchtigung deines freien Willens zu etwas zu bewegen, das du nicht freiwillig tätest?
Ich behaupte jetzt einfach mal, dass ich keine Ahnung habe, warum du Sehnsucht verspürst, warum du an mich denkst, von mir träumst und dich manchmal wie hypnotisiert fühlst.
Ich weiß nur, warum es mir ebenso ergeht und dass du daran die Exklusivrechte hast, in der Vergangenheit, in der Gegenwart und in der Zukunft.
Klartext: nichts und niemand ist damit vergleichbar...
Das erscheint im Moment zwar eher nutzlos, aber die Erde wird ja nicht schon morgen untergehen...

Ich habe einiges vor zu tun, malen, eine Ausstellung vorbereiten...
Außerdem plane ich ein paar Ausflüge - wenn ich Zeit und Geld dafür habe.
Aber nichts kann verhindern, dass ich Sehnsucht verspüre.

Nichts kann das Loch in mir füllen als die Hoffnung, wieder mit dir zusammen zu sein.
Nimm mein Geschreibsel über die Sterne nicht so wörtlich. Wenn du mir detaillierter darüber schreiben willst, bin ich nicht frustriert, wenn nicht alles so rosig aussieht, wie ich es gern hätte, aber das, was ich bisher weiß, reicht immerhin, dass ich zumindest den positiven Teil gern annehme und alles andere halt zur Kenntnis nehme. Die Sterne sind nicht alles - man kann sich durchaus gegen widrige Aspekte zur Wehr setzen, nicht nur in Bezug auf die Sterne...

So, jetzt habe ich recht viel geschrieben...
Ich werde mich bemühen, deine Antwort mit Geduld abzuwarten, bis dahin nicht länger als 24 Stunden pro Tag an dich zu denken, und ich drücke uns küsse dich, bis dir schwindlig ist.

Dein Paul.

*

Samstag, 10. April 2004

Meine liebste Helene,

hatte drei relativ entspannte Theatertage.
Kaum Stress, schöne Gegenden, angenehme Spielorte.
Gestern habe ich die ersten Bilder für die geplante Ausstellung ausgewählt.
Du siehst, dass ich Kraft ich aus dem schöpfe, was passiert ist.
Trotzdem - oder auch gerade deshalb - fühle ich mich viel weniger verkrampft als zu der Zeit, als ich den Kopf voller Ideen hatte, die ich im Grunde gar nicht umsetzen wollte, weil ich mich selbst blockiert habe (aus welchem Grund auch immer). Ich merke auch, dass ich jetzt nicht mehr abhängig davon bin, mich unbedingt kreativ betätigen zu wollen. Ich habe zwar Ideen, Pläne, Vorstellungen, aber ich spüre, dass ich auch ohne all das leben könnte, auch ohne all meine technischen Geräte, die ja im Grunde nur Werkzeuge sind.
Ich denke, meine Wertvorstellungen haben sich verändert, zum Teil auch wieder dahin, wo sie früher einmal waren, als ich noch "erdiger" war, aber manches war immer schon in Ordnung, und das ist auch so geblieben.

Ich bin noch immer am Abnehmen, aber ich kann mein

Gewicht nicht kontrollieren, weil ich keine Waage habe. Rein gefühlsmäßig meine ich, dass ich jetzt - seit du mich im Jänner gesehen hast - etwa 7 kg abgenommen habe. Das ist noch viel zu wenig, aber ich fühle mich jetzt schon viel besser als vorher. Ich rauche auch weniger, und ich denke, ich werde mich bald noch wohler fühlen.
Ich mache auch brav meine täglichen Sit-Ups, und es ist immer wieder motivierend, wenn ich merke, dass es mir leichter und leichter fällt.
Es ist ja wirklich ein Jammer - ich habe mich in den letzten Jahren total gehen lassen.

Ich habe mich total über dein SMS gefreut! Ich habe es erhalten, als ich gerade vor einer Aufführung auf den Parkplatz gekurvt bin, deshalb konnte ich nicht viel schreiben, und später wusste ich nicht so recht, was ich mit so wenigen Zeichen, die ein SMS erlaubt, Sinnvolles anfangen sollte. Ich hätte nur so Dinge wie "Ich liebe dich, du fehlst mir, ich denke an dich"... usw. geschrieben, und ich will dich ja nicht mit dem langweilen, was du ohnedies weißt.
Auch wenn du mir diese positiven Aspekte nicht mitgeteilt hättest - ich spüre mit einem aufkeimenden Optimismus, dass sich etwas bewegt, aber es ist wundervoll, dass ich von dir sozusagen die Bestätigung bekomme. Ich brauche das. Ich brauche dich!

Wann immer es möglich ist, nutze ich die Zeit, um hier ein wenig aufzuräumen - es sieht ja noch immer so aus, als wären zwei Bomben zugleich hochgegangen -, und - wenn das Wetter halbwegs passt und wenn mir nichts dazwischen funkt - am Sonntag eine kleine Wanderung zu machen.
Ich muss das Alleinsein üben, nicht so wie voriges Jahr, vergraben in der Einöde, sondern aktiv, positiv, und mit meinen Gedanken bei dir.
Ich habe momentan nicht so sehr das Gefühl, dass ich leide, sondern dass ich meine Sehnsucht nach dir allmählich insofern in den Griff bekomme, als ich die Freude, dich wieder zu sehen, vor die Leere, weil wir nicht zusammen sind, stelle.
Es klappt ganz gut, aber das ist der Stand von heute.
Ich kann derzeit nicht über Gefühle ganz allgemein reden, weil ich - egal um wen oder um welche Situation es geht -, immer dich vor Augen habe, und bei jedem Gesprächsthema lande ich früher oder später dort, wo es mich überkommt...
Immerhin merke ich eine leichte Besserung, aber abstellen kann und will ich meine Gefühle nicht; ich muss mich halt nur besser unter Kontrolle bekommen.

Gestern habe ich - natürlich ohne Hilfe - die blöde schwarze Kommode hierher geschleppt, weil ich den Theaterbus bei mir hatte und das Ding da hinein passt.

Sie steht jetzt - vorläufig zumindest - zwischen Zimmertür und "Küchenzeile", passt recht gut dorthin, und bis ich mir einmal eine Spüle und einen Kühlschrank, vielleicht auch einen Herd zulege, bleibt sie auf alle Fälle dort. Dann sehen wir weiter...
Da ich ja gestern Besuch hatte - es waren zwei Kolleginnen bei mir, eine, mit der ich geprobt habe, die zweite, weil sie bei mir gratis ins Internet konnte (sie wohnt normalerweise in Berlin und haust im Schrankraum beim Theaterdirektor, wenn sie in Wien ist - echt zum Totlachen!) -, habe ich das "Doppelbett" abgebaut, aber zum Schlafen habe ich das Ding wieder überzogen, allerdings auf den Hocker verzichtet. Es ist auch so ganz gemütlich, wenn man allein drauf schläft. Die Couch im Arbeitszimmer ist noch mehr als vorher voll geräumt, weil ich jetzt alles aus der alten Wohnung bei mir habe - Umzug abgeschlossen...
Außerdem erscheint mir dies hier als der bessere Schlafplatz. Ich fühle mich hier recht wohl, aber im anderen Zimmer ist irgendwie die Atmosphäre kalt und ungemütlich. Ob das daran liegt, dass die Sitzecke eine besondere Ausstrahlung hat?

Es mag dir vielleicht egoistisch erscheinen, aber diesmal schreibe ich nur von mir.
Du behauptest zwar, du kannst nicht gut über dich oder Gefühle oder beides schreiben, dich nicht aus-

drücken usw., aber ich bin nicht wirklich deiner Meinung.
Es kommt nicht auf den Stil an, nicht darauf, dass schöne oder gar kunstvolle Sätze auf dem Bildschirm stehen.
Ich will deine Gedanken, deine Gefühle in deinem Stil lesen. So, wie du denkst, fühlst, schreibst.
Und ich will mehr davon lesen.
Aber ich will dich nicht mit Fragen bombardieren. Ich möchte, dass du einfach das hinaus lässt, was drin ist. Das, was echt ist.

Eine Frage habe ich doch noch:
Hast du manchmal so ein Gefühl, als würde ich gerade in diesem Moment an dich denken?
Klingt blöd, aber mir geht es manchmal so.
Ich habe z.B. dein letztes Mail abgerufen, weil ich "gewusst" habe, dass es jetzt gekommen sein musste...
Und manchmal taucht ganz spontan ein Bild von dir in mir auf oder zumindest so ein starkes Gefühl, dass ich gerade in diesem Moment nicht anders kann als dich vor mir zu sehen...

Na, ich beginne anscheinend schon zu spinnen...

Ich mache jetzt weiter mit dem Aufräumen - hier ist es ja erst kurz nach 21 Uhr -, habe übrigens seit 2 Stun-

den keine Zigarette geraucht, davor eine Stunde lang keine, nur dazwischen eine einzige, und mir geht es überhaupt nicht ab.
Okay, ich muss krank sein.....

Ich liebe dich (noch immer, und mehr als gestern, mehr als vorgestern, mehr als....), meine Gedanken sind bei dir, und ich hoffe, dass es bei dir nicht anders ist.

Dein Paul.

*

Sonntag, 11. April 2004

Liebster Paul,

es freut mich, dass es dir besser geht oder anfängt besser zu gehen; auch, dass du so kreativ bist, ist schön. Von mir kann man das nicht behaupten, mir ist grad nur langweilig. Ich verblödle die meiste Zeit vorm TV, was mich eigentlich ankotzt, aber ich hab irgendwie grad keine Power, viel zu unternehmen oder Leute zu treffen. Ich hätte bis Ende April in Wien bleiben sollen.

Es ist so wahnsinnig schwierig hier in den Internet-Cafes etwas zu schreiben; ununterbrochen kommen irgendwelche Leute, die mich anquatschen, sich neben mich setzen, gleich meine Mails mitlesen usw.
Es ist zum Aus-der-Haut-fahren. Nicht mal, wenn ich sage, ich schreib jetzt, fühlen die sich betroffen, aber ich habe halt keine andere Möglichkeit. Durch meinen neuen Handyvertrag bekomme ich jetzt alle SMS und Anrufe aufgelistet. Natürlich erscheint da immer die gleiche Nummer in Österreich; alle Anderen rufe ich über Festnetz an. Ich hoffe, das gibt keine Probleme, denn die Rechnungen kommen alle zu Anastassios in den Shop.

Ich habe auch oft das Gefühl, dass du gerade an mich

denkst, aber das sollte uns nicht überraschen, denn wir haben doch eine telepathische Verbindung - Aszendent Konjunktion mit Mond macht das - und nicht nur das.

Ich muss jetzt aufhören. Hier wird es zu hektisch, ist ja Sonntag Vormittag, und alle sitzen im Cafe.
Du fehlst mir sehr, ich möchte dich küssen, lieben, mit dir Kaffee trinken und Spiegeleier mit Speck essen, bis in die Nacht quatschen .....
Versuche, dich dieser Tage mal anzurufen.

Ich umarme dich ganz fest,

1000 Küsse.
Helene.

*

Sonntag, 11. April. 2004

Mein süßes wildes Reh,

du hättest wirklich länger hier bleiben sollen, aber dann hättest du wahrscheinlich geglaubt, du versäumst etwas. Dabei ist es gerade umgekehrt - du versäumst sehr viel, weil du nicht hier und bei mir bist.
Ich sitze gerade beim Frühstück und gehe in etwa einer Stunde los zur Teufelssteinhütte. Wenn du nicht mit mir dahin gehst, muss ich es eben allein machen...
Wenn du im Internet-Cafe keine Ruhe zum Schreiben hast, schreib es im Editor bzw. Notepad vor und kopiere es dann, wenn du online bist.
Vergiss nicht, dass ich jede Minute bei dir bin.
Du bist meine Sonne und mein Mond, und bei Neumond heule ich.

Ich liebe, küsse und umarme dich, mein Reh,
Paul.

*

12. April 2004

Liebster Paul,
heute konnte ich endlich mal wieder in deine Website rein und hab alles Neue gelsehen und auch einiges Andere. Du malst wirklich toll, und ich bin froh, dass du endlich wieder eine Ausstellung haben wirst.
Die neuen Fotos sind super, du hast sicher 7 Kilo abgenommen. Bald erkenne ich dich niicht wieder.
Ich habe es schon wieder geschafft, mir 2 Kilo anzufressen. Schokolade - die soll ja angeblich tröstend wirken. Bis jetzt hat sie nur meinen Schwimmreifen vergrößert.
Warst du auf der Teufelssteinhütte?
Ich würde so wahnsinnig gerne deine Auusstellung ehen, aber da muss ich mich wohl noch gedulden. Schade.
Ich habe einen Floh, oder zwei, wahrscheinlich von meinen Katzen. Bin ganz zerstochen an den Innenseiten der Oberschenkel, esjuckt fast ununterbrochen - und juckt auch woanders... nicht von den Flöhen.

Die Wogen fangen an, sich etwas zu glätten. Ich war in einem sehr seltsamen Zustand, als ich hier ankam, voller Sehnsucht nach dir, aber gleichzeitig auch voller Abwehr und Selbstvorwürfe, dass ich uns, mich, in so ein Gefühlsschlamassel hineinmanövriert habe. Ich

kann gar nicht gut umgehen damit. Aber so ist es jetzt, wie es ist, und ich möchte die Zeit mit dir in Wien auf keinen Fall missen. Die Abwehr ist weg, es war so etwas wie: bitte lieb mich nicht so sehr, du tust dir nur selbst weh damit; was ist, wenn ich nicht so bald wieder nach Wien kommen kann, wenn Anastassios mitkommen will, wenn, wenn, wenn. Es weiß ja niemand, was kommen wird.
Bei dir funktioniert das mit dem Abschalten nicht so. Ich weiß gar nicht, warum ich das schreibe. vielleicht, weil es mit dir anders ist. Oder weil ich eben noch immer durcheinander bin. Oder vielleicht, weil ich mir auch denke: was für einen Sinn hat das mit uns - ich hier, du dort. Okay, ich will im Oktober kommen, aber dann - wie soll das weitergehen? Du hast etwas Besseres verdient als eine Fernbeziehung, und du brauchst auch etwas Anderes; das glaube ich zumindest.
So jetzt bin ich wieder ganz traurig, aber egal...
Ich küsse dich überall,
deine Helene.

*

Montag, 12. April 2004

Liebste Helene,
an den beiden letzten Tagen ist mir nichts Besonderes aufgefallen, aber das liegt vielleicht daran, dass ich mich zu "unserer" Zeit nicht voll auf "Kommunikation" konzentrieren konnte. Dafür habe ich heute, exakt zu der Zeit, als du dein Mail abgeschickt hast (kein Witz, ich habe mir zur "Kontrolle" sogar die Zeit aufgeschrieben), intensiv an dich gedacht und wieder dieses Ziehen im Leib gespürt, das ich dir schon einmal beschrieben habe. Dabei hatte ich bis dahin gar nicht erwartet, dass du mir heute schreiben würdest...
Ich war nicht auf der Teufelssteinhütte. Es hat exakt zu Mittag zu regnen begonnen, sogar Graupelschauer gab's, und da ich ja nicht bloß hin und zurück rennen, sondern die Natur genießen und ein wenig fotografieren möchte, warte ich lieber auf eine bessere Gelegenheit.
Aber eine andere Gelegenheit hat sich ergeben: am Mittwoch fahre ich nach Freising und löse mein Versprechen ein, das ich dir gegeben habe: ich mache Fotos, wenn alles blüht und grünt an der Isar, und dies exakt vier Wochen nach unserem ersten, gemeinsamen Spaziergang dort...
In diesem Fall lasse ich mich nicht von schlechtem Wetter abhalten, schlimmstenfalls werden die Fotos

verregnet aussehen.
Am Mittwoch zwischen 15 und 16 Uhr meiner Zeit werde ich jedenfalls an der Isar an dich denken, und zwar so intensiv, dass du mich wahrscheinlich wirst sehen können, wie ich aufs Wasser starre. Und pass dabei auf die Flöhe auf...

Ich bin kein Fan von Fernbeziehungen.
Ich hatte auch noch nie eine...
Ich bin zum ersten Mal in der Situation, dass ich warten muss, Geduld aufbringen muss, nicht weiß, wie es weitergehen wird, und dies alles auf eine riesige Entfernung und noch dazu mit dem Hindernis, dass ich dich nicht sehen darf, selbst wenn ich es könnte.
Ich bin aber auch gemeinsam mit DER Frau in dieser beschissenen Lage, die ich liebe und die vielleicht auch mich liebt, wenn ich alles richtig verstehe.
Das macht es einerseits schlimmer, andererseits aber auch wieder leichter, denn wofür sollte man sonst Geduld aufbringen, warten und Vertrauen haben, wenn nicht für den Menschen, der einem alles bedeutet.
Sei nicht traurig!
Wir wissen nicht, wie es weitergehen wird, aber wir wissen, dass wir einander wieder sehen werden und dass das, was uns verbindet, nur noch stärker werden wird.
Es ist wohl unsere Bestimmung, nicht nur nicht von

einander loszukommen, sondern irgendwann wirklich ein Miteinander zu haben. Ist es nicht jetzt, dann ist es irgendwann - es wird an uns liegen, wie, wo und wann.
Deine Abwehr habe ich verstanden.
Du hast mir alles - zum Teil unbewusst - mitgeteilt, was du empfunden hast.
Du hast versucht, dich gegen dich selbst, gegen deine und meine Gefühle, gegen den Kosmos zu wehren - das klappt nicht!
Ich habe es anfänglich ja auch versucht...
Ich hatte die Fotos vom Frühstück in Freising beinahe vergessen - schon wieder so eine kleine Verdrängung -, und als ich sie dann vom Handy auf den PC gespielt hatte und großformatig ansehen konnte, konnte ich in deinem Gesicht lesen.
"Ich möchte dich am liebsten mitnehmen", hast du in Freising gesagt.
Da wusste ich endgültig, dass du zumindest einen Widerstand aufgegeben hattest: der Liebe dein Herz zu öffnen...
Was kümmern mich da widrige Umstände?
Was kümmern sie dich?
Wir sind wir, und wir sind imstande, das Wertvolle zu bewahren, zu genießen, zu hegen und zu pflegen und das, was an zweiter, dritter und soundsovielter Stelle steht, auch dort zu belassen.
Wie wir das "technisch" bewerkstelligen, werden wir ja

sehen...

Ich glaube mittlerweile, dass meine Verdrängungssache eine Abwehr dagegen war, dich tatsächlich aufzugeben. Ich habe dich für den Tag X "konserviert", ohne Schmerz, der mich vielleicht bitter gemacht hätte, zu empfinden.

Ich will aber nichts in unsere Beziehung hineingeheimnissen.

Ob ich dich vor dreißig oder vor zwanzig oder sonst wie vielen Jahren geliebt habe, spielt insofern keine Rolle, als ich dich JETZT, seit genau drei Monaten, liebe, seit dem ersten Tag, als wir uns im Klapp getroffen haben.

Du bist durcheinander, und das ist mühsam, vielleicht auch schmerzhaft, klar...

Ich denke, du beginnst zu erkennen, dass es so ist, wie du im Betreff deines zweiten Mails an mich im vorigen Jahr geschrieben hast: das Leben ist nicht so, es ist anders...

Du hast zu mir gesagt, du würdest dich nie mehr verlieben, du würdest dies nicht und das nicht...

Du kamst mit dem Vorsatz nach Wien, mit mir bei Kaffee und Kuchen nett zu plaudern...

Du wusstest, dass du dich würdest wehren müssen, wenn du mit dem konfrontiert werden würdest, wovor du Angst hattest.

Dich wehren, um den Schein zu wahren, Angst davor, den Schein nicht wahren zu können...

Wieso?
Willst du dich für immer und ewig selbst belügen?
Sei nicht traurig, sondern habe Mut und Vertrauen!

So, und jetzt lassen wir das...
Bis wir einander wiedersehen, werde ich dir hin und wieder neue Fotos schicken.

Aaaahhhh..... !!!
Jetzt weiß ich endlich, was das ist!
Ich habe auch Flöhe!
Die meinigen hinterlassen keine Bissspuren, aber es juckt ganz ordentlich, und seltsamer Weise immer dann, wenn ich ein wenig intensiver an dich denke.
Du kannst dir vorstellen, dass das manchmal recht irritierend sein kann, weil ich ja ziemlich oft intensiv an dich denke... ;-)
Wie das am Mittwoch in Freising werden wird, kann ich mir jetzt noch gar nicht vorstellen, aber ich denke, ich werde mir in der Apotheke ein Flohmittel besorgen müssen....
Himmel! Ich könnte den ganzen Tag lang so weiter schreiben...
Ich sehe dich vor mir, als säßen wir beisammen und ...
Himmel! Ich liebe dich!
Dein Paul.

*

Donnerstag, 15. April 2004

Meine liebste Helene,

es ist kaum zu glauben, dass es auf den Tag genau ein Jahr her ist, seit ich dir das allerereste Mail schrieb.
Ich will dich ja nicht mit Mails bombardieren, zumal es für dich nicht einfach ist, sie abzurufen und in Ruhe zu lesen, aber dieses Jubiläum konnte ich einfach nicht vorübergehen lassen...
Ich habe damals ganz unverfänglich geschrieben, aber ich weiß, dass mein Geburtstagsgruß zwar aufrichtig gemeint, aber nicht ohne Hintergedanken war.
Was daraus werden würde, konnte ich allerdings nicht ahnen, und selbst wenn ich zugebe, dass ich mir erhofft hatte, dass wir dadurch wieder in Kontakt kommen und einander vielleicht sogar wieder sehen würden, war mir damals nicht klar, was hinter meiner "zarten" Hoffnung versteckt war.
Ich glaube, du hast es lange vor mir gewusst...

Bevor ich wieder einmal sinnlos zu philosophieren beginne, möchte ich dir also erst einmal "Alles Gute" zum diesjährigen Geburtstag wünschen.
Mit detaillierteren Wünschen halte ich mich diesmal zurück, denn mir fällt kein Wunsch ein, der nicht den Geruch des Eigennutzes hätte.

Wünsche ich dir Liebe, so wünsche ich dir Liebe zu mir, weil ich dich liebe; wünsche ich dir Glück, so wünsche ich dir Glück mit mir, weil ich mir Glück mit dir wünsche, und so weiter. Es ist wirklich nicht einfach...
Jedenfalls wünsche ich dir einen schönen Geburtstag - da fällt der Eigennutz weg, weil ich diesen Tag ja ohnedies nicht mit dir verbringen kann, aber ich beneide jeden, der es kann...

Gestern, genau vier Wochen nach deiner Heimreise mit Start in Freising, war ich wieder in Freising.
Es war kaum wärmer als vor vier Wochen, es hat geregnet, und wenn ich erwartet hatte, dass an der Isar mittlerweile der Frühling ausgebrochen wäre, so wurde ich ein wenig enttäuscht, denn die meisten Bäume im Auwald sind noch kahl, nur ein paar Sträucher blühen bzw. haben Blätter, und nur sehr spärlich findet sich da und dort ein Blümchen.
In den Gärten, durch die wir damals zurück zum Auto gegangen sind, gibt es auch kaum Blumen, aber ein paar schön blühende Sträucher und Magnolienbäume.
Ich habe trotzdem eine Menge Fotos gemacht, damit du siehst, was sich dort verändert hat, und auch ein paar von der Stadt, wo wir ja nur im Dunkeln waren.

Ich weiß nicht, woher die Dinge kommen, die ich sehe und höre, wenn ich mich in Gedanken auf dich konzen-

triere. Die naheliegendste Erklärung wäre die, dass ich mir sozusagen selbst "einsage", bewusst oder unbewusst.
Woher die krampfartigen Zuckungen im Bauch kommen, kann ich mir nicht wirklich erklären, aber wenn sie ausbleiben, habe ich auch nicht das Gefühl, dass ich mit dir Kontakt habe.
Manchmal habe ich diese Zuckungen nur ganz kurz, so, als hätte mich ein Gedanke von dir "gestreift".
Okay, ich werde demnächst einen Arzt aufsuchen... hihi

So, jetzt lasse ich dich mal in Ruhe, sonst wirst du mit dem Lesen meiner Mails nie fertig und willst gar keines mehr haben.
Aber was soll ich machen?
Mir fehlen unsere "langen Abende", unser gemeinsames Frühstück, die Zärtlichkeiten bis zur Erschöpfung... einfach alles.
DU fehlst mir...

Ich küsse und umarme, streichle und beiße dich zum letzten Mal als xx-jähriges wildes Reh...
Dein Paul.

21.April 2004

Hallo liebster Paul,

ja, Scheiße, schon wieder ein Jahr älter.

Ich hatte eine ganz nette Feier. Die Wanderung am nächsten Tag ist wegen 'Kater' ausgefallen, wird am Samstag nachgeholt. Am Tag danach war ich in der Hauptstadt stundenlang für mich und die ganze Nachbarschaft einkaufen, um 18 Uhr daheim, und ab 19 Uhr war ich im Bett. Ich habe gestern - glaube ich - das erste Mal tagsüber überhaupt nicht an dich gedacht, am Abend dann schon. Gestern Morgen,, so um 4.30 bin ich ganz komisch aufgewacht, hatte das Gefühl, als würde ich aus einem tiefen schwarzen Loch herausgezogen, und war sofort bei dir in Gedanken - 3.30 deiner Zeit. Macht das irgendwie Sinn?
Über alles Andere haben wir ja schon gesprochen.
Ich muss jetzt schon wieder aufhören. Ich umarme dich ganz fest.
Ich werde versuchen, dieser Tage mal wieder anzurufen, eventuell morgen Abend, aber rechne nicht 100% damit.
ich küsse dich und denke an dich.
Helene

*

Der Scrollbalken war am unteren Ende des Bildschirms angelangt.
Es gab keine weiteren Emails. Nichts.
Was war geschehen?
Hatte Paul das Sammeln aufgegeben? Hatten sie einander aus irgend einem Grund nicht mehr geschrieben?
Sie hatten einige Male von Telefonanrufen geschrieben, auch ganz zuletzt, was auch erklärte, wieso es gelegentlich Antworten auf Fragen gab, die in keinem Email gestellt worden waren...
Ja! Das musste es sein: sie hatten nur noch telefoniert!
Es war undenkbar, dass sie nicht weiterhin in Kontakt geblieben wären, und seit dem letzten Email war ein halbes Jahr vergangen...
Mir dämmerte, was das für mich bedeutete: ich war hier am Ende der Geschichte angekommen.
Sackgasse...
Punkt.
Es sei denn....
Ich öffnete das Verzeichnis, in dem sich die Ordner mit den Fotos befanden, durchsuchte alles nach einer weiteren Textdatei - und fand nichts.
Das war's dann, dachte ich.
Ich war enttäuscht, als hätte ich hunderte Seiten eines spannenden Romans gelesen, um kurz vor dem ersehnten Ende festzustellen, dass die letzten Seiten

fehlten. Dieser Roman ließ mir nicht einmal die Möglichkeit, durch Nachkauf oder aus sonstigen Quellen zu erfahren, wie die Sache ausging.
Ich nahm die letzte Zigarette aus der Packung, wickelte die Bettdecke fest um mich und trat auf die Veranda hinaus.
Die Morgendämmerung vertrieb die Nebelschwaden, die sich über den Isarauen zu einem letzten Gefecht versammelt hatten, und es würde nicht mehr lange dauern, bis sich der erste rosafarbene Lichtstreif jenseits des Flusses aus der dunklen Erdmasse erheben würde, als Vorbote der roten Sonne.
Nein, ich hätte das Ende dieses Romans in keinem Fall erfahren, weil es kein Ende gab - zumindest ging ich davon aus, dass Helene und Paul nach wie vor in Verbindung standen, dass sich an ihrer Liebe zu einander nichts geändert hatte.
Aber irgend etwas musste sich ereignet haben. Es musste einfach eine Entwicklung der Dinge gegeben haben, die mir nun verborgen blieb, denn ich spürte, dass es für Pauls Anwesenheit hier in Freising, in jenem Zimmer, in dem vor etwa einem halben Jahr beide gemeinsam gewesen sein mussten - die Fotos auf der Veranda waren der Beweis dafür -, einen besonderen Grund geben musste, ebenso für seine plötzliche, ja wahrscheinlich überstürzte Abreise. Dass sie überstürzt gewesen war, nahm ich deshalb an, weil er sein Note-

book zurück gelassen hatte, das ihm verständlicherweise sehr wichtig sein musste.
Es war bitter kalt, und so drückte ich die Zigarette aus und trat durch die Tür ins Zimmer. Im selben Moment wurde genau gegenüber die Tür zum Flur aufgestoßen und eine Frau in Jeans und Winterjacke stürmte herein, gefolgt von der Zimmerwirtin in Morgenmantel und Filzpantoffeln.
Für einen endlos lange erscheinenden Moment starrte sie mich an, atemlos, auf der Stelle verharrend, und ich wusste innerhalb des Bruchteils einer Sekunde, wer sie war, als ich in ihre Augen sah.
So wie es mir jetzt erging, stellt man sich den Augenblick des Sterbens vor: in einer einzigen Sekunde zieht das Leben noch einmal vor dem inneren Auge vorbei, und ich erlebte in diesem Moment die ganze Geschichte von Helene und Paul noch einmal, so weit ich sie kannte.
"Helene!"
Mir fiel es wie Schuppen von den Augen. Ich wusste, was geschehen war, ohne eine weitere Zeile gelesen, ohne noch ein Wort von ihr gehört zu haben, und Entsetzen überfiel mich.
'Warum gibt es keinen Gott', dachte ich. 'Warum gibt es keinen Gott, den ich jetzt um Erbarmen anflehen könnte? Oder den ich hassen könnte dafür, was er zulässt!'

"Wo ist Paul", flüsterte sie. Dann schrie sie es.
"Wo ist Paul!"
"Wie oft soll ich es noch sagen: der Herr ist gestern abgereist", sagte die Zimmerwirtin.
"Sein Auto steht vor dem Haus", sagte Helene, die mir noch immer in die Augen sah, entsetzliche Angst in den ihren, aber auch wilde Entschlossenheit, darum zu kämpfen, wofür sie sich offenbar entschieden hatte.
"Lassen sie die Dame doch in Ruhe", mischte sich die Wirtin abermals ein. "Sie ist erst heute angekommen!"
Helene wandte sich halb um.
"Lassen Sie uns in Ruhe!"
In ihrer Stimme schwang etwas Eisiges, Bedrohliches mit, das einen Zyklopen in die Flucht geschlagen hätte, und die Zimmerwirtin verschwand ohne ein weiteres Wort im Flur.
"Ich weiß nicht, wo er ist", sagte ich schnell. "Aber... ein Pizzabote hat ihn unten in der Stadt gesehen. Gestern. Er sagte, Paul sei in Richtung Schlüter gegangen."
"Wo ist das?"
Ich winkte ihr mir zu folgen, und wir gingen hinaus auf die Veranda. Ich zeigte auf die beiden Türme, die in südöstlicher Richtung in der Morgendämmerung wie Türme einer mittelalterlichen Burg aufragten.
"Ich habe ein Auto", sagte ich. Ich wusste, dass sie da hin wollte, und ich wollte es ebenfalls. Irgendwo dort

konnte Paul sein...

Helene zögerte keine Sekunde, nach einem Strohhalm zu greifen...

"Dann los!"

Eine Minute später saßen wir in meinem kleinen Auto. Während wir die schmale steile Straße den Berg hinunter fuhren, suchte ich vergeblich nach Zigaretten. Helene, die bisher geschwiegen hatte, sagte:

"Konzentrieren Sie sich lieber aufs Fahren!"

Sie zündete zwei von ihren eigenen Zigaretten an, gab mir eine, und nach ihrem ersten Zug fuhr sie fort:

"Ich weiß, was geschehen ist. Ich habe in Frankfurt von dem Unglück hier erfahren. Paul musste glauben, ich wäre in dem abgestürzten Flugzeug gewesen. Ich konnte ihn nicht erreichen, ihm nicht sagen, dass dieser Flug total überbucht war und ich umbuchen und über Frankfurt fliegen musste, dann wegen der Sperre des Münchener Flughafens mit der Bahn hierher..."

"Ja, das erklärt alles", sagte ich und drückte fester aufs Gaspedal.

"Paul wird bestimmt nicht vor dem geschlossenen Traktorenwerk sitzen", sagte ich vorsichtig.

"Traktorenwerk?"

"Schlüter. Vor etwa zehn Jahren stillgelegt."

"IDie Türme. Ich erinnere mich, als wäre es gestern gewesen", sagte sie leise. "Genau gegenüber führt eine kleine Straße in eine Wohnsiedlung; dahinter sind die

Isarauen. Dort hin ist Paul gegangen."

Sie sagte es mit Bestimmtheit. Sie kannte ihn seit Jahrzehnten. Sie liebte ihn. Sie wusste, wie er dachte, wie er fühlte.

'Das hättest du nicht schreiben müssen - wie immer verstehen wir einander, auch wenn es nicht ausgesprochen wird'.

Diesen Satz in einem ihrer Emails hatte ich in Erinnerung behalten, weil er mich sehr beeindruckt hatte, und mir war klar, dass sie keine Vermutung anstellte, sondern wusste, dass Paul dort hin gegangen sein musste.

Wir waren am Bahnhof vorbei, und ich trat fester aufs Gaspedal.

Eigentlich war es unsinnig, zu rasen, denn Paul war zuletzt vor etwa achtzehn Stunden gesehen worden, aber langsamer hätte ich jetzt einfach nicht fahren können...

"Ich habe Pauls Notebook zufällig im Zimmer gefunden. Ich habe alle Emails gelesen; er hatte sie gesammelt."

Ich wagte angesichts der hohen Geschwindigkeit keinen Blick zur Seite, aber ich spürte ihren Blick.

"Es... es tut mir Leid, dass ich aus reiner Neugier in eure... Privatsphäre eingedrungen bin. Aber... Sie werden es nicht verstehen... aber es hat alles verändert... ich meine... es wird mein Leben verändern."

"Wie heißen Sie?" fragte sie.

"Claudia."

"Claudia... es hat auch mein Leben verändert. Ganz gleich, was..."

Sie unterbrach sich.

"Hier! Hier links hinein!"

Rechts war dias ehemalige Traktorenwerk, links gab es gleich nach der Bahnkreuzung eine scharfe Linkskurve, der ich folgte, nach etwa dreihundert Metern eine Rechtskurve, an Einfamilienhäusern entlang. und dann war die Straße an einem Parkplatz zu Ende.

Ich hatte den Wagen kaum zum Stehen gebracht, als Helene schon die Beifahrertür aufstieß und hinaus sprang. Ich folgte ihr. Sie sah sich nicht um, während ich hinter ihr her rannte. Sie ging nicht; sie trabte, als wären wir in völlig unpassender Kleidung zum Joggen hier, und ich war froh, dass ich bequeme Schuhe trug.

Der Roman, in den ich eingetaucht war, war zum Film geworden, und ich unversehens zu einer der Darstellerinnen, dem spannenden Finale entgegen rennend.

Nach etwa zweihundert Metern mussten wir einen Damm überqueren, und dann ging es in den Auwald hinein. Unter den Bäumen im Herbstlaub war es noch ziemlich dunkel, und ich fragte mich, wieso ich nun schon zum dritten Mal über irgend etwas stolperte, während Helene mit der Sicherheit und der Geschmeidigkeit einer Großkatze voran eilte.

Ich musste daran denken, dass Paul sie in einem seiner Mails 'Leopardin' genannt hatte...
Endlich erreichten wir den Waldrand, stießen auf einen quer verlaufenden Weg, und direkt dahinter sah man über eine Böschung hinab auf die Isar.
Helene hielt sich nicht damit auf, hinab zu klettern. Sie rutschte die Böschung nach unten, und während ich noch an den Stamm einer völlig schief gewachsenen Trauerweide gelehnt verschnaufte, rannte sie unten eine Kiesbank entlang. Ich blickte nach unten und sah in einiger Entfernung etwas Dunkles am Rand der Kiesbank, das dort bestimmt nicht hin gehörte.
Mein Herz klopfte wild...
Wenn Helene das konnte, konnte ich es auch!
Ich setzte mich am Rand der Böschung hin, und die Talfahrt begann. Beinahe hätte ich mich überschlagen, als ich an etwas hängen blieb, doch ich war schon ziemlich weit unten angelangt, und so riss es mich nur hoch, bis ich auf meinen Füßen zu stehen kam, und so rannte ich über den knirschenden Kies da hin, wo Helene halb auf den Steinen, halb im Wasser kniete, über das dunkle Bündel gebeugt.
Sie hörte mich kommen.
"Wir brauchen schnellstens einen Arzt... einen Krankenwagen... den Notarzthubschrauber. Sie haben doch bestimmt ein Mobiltelefon...!"
"Ja, natürlich", keuchte ich. Ich suchte in meiner Um-

hängetasche, fand mein Telefon nicht sofort, also riss ich die Tasche herunter, kippte den Inhalt auf den Kiesboden, und da war es!
Ich tippte mit zitternden Fingern die Notrufnummer ein, und während ich einer sachlichen, ruhigen Männerstimme aufgeregt zu erklären versuchte, wo wir uns befanden, packte Helene Pauls Arme oberhalb der Handgelenke und schleifte ihn vom Wasser weg zum Rand der Böschung hin, richtete seinen Oberkörper auf, hielt ihn mit einer Hand in dieser Position und versetzte ihm mit der anderen klatschende Ohrfeigen.
"Reiben Sie seine Hände", bestimmte Helene, als ich mich neben sie hockte.
"Sie kommen", sagte ich nur, nahm Pauls Hände und begann sie mit meinen Händen zu reiben, während Helene ihm die Schuhe und die Socken auszog und seine nackten Füße massierte.
Paul lebte. Noch...
Ich bewunderte Helene.
Ich wusste, wie es in ihr aussehen musste, doch sie war beherrscht, tat genau das Richtige.
INach einer halben Ewigkeit hörte ich ein Geräusch, das nicht zum Plätschern des Flusses, zum Flüstern der trockenen Blätter an den Uferstäuchern im Wind passte, das schnell lauter wurde, und dann sah ich den Helikopter aus südlicher Richtung die Isar entlang auf uns zu kommen. Helene und ich sprangen zugleich auf,

winkten, und der Lärm wurde beinahe unerträglich, als der Helikopter etwa dreißig Meter von uns entfernt knapp über der Schotterbank inne hielt und zwei Männer heraus sprangen und auf uns zu liefen.

Ich rannte da hin, wo der Inhalt meiner Tasche verstreut lag, riss ein Blatt aus meinem Notizblock, kritzelte meine Telefonnummer darauf und rannte zurück.

Die Sanitäter luden Paul eben auf eine Trage.

"Hier! Lassen sie mich wissen...", sagte ich und drückte Helene den Zettel in die Hand.

"Danke, Claudia! Danke für... unser Leben!"

Für einen Moment versanken ihre schönen grauen Augen in den meinen.

"Nein, Helene", schrie ich gegen den infernalischen Lärm an. "Ich danke euch! Dir und Paul!"

Die Trage war verladen, Helene kletterte hinterher, die Tür wurde geschlossen. Dann zog der Helikopter rasch hoch, flog eine Schleife und wandte sich mit Gebrüll dahin, woher er gekommen war.

Ich sah ihm nach, bis er verschwunden war, und mit ihm die beiden Menschen, deren Schicksal die vergangenen Stunden in meinem Leben bestimmt hatte.

Nur die vergangenen Stunden?

In Pauls geschriebenen Worten und in Helenes Augen hatte ich es gelesen: Flucht ist zwecklos! Nimm dein Schicksal in die eigenen Hände! Kämpfe um dein Leben! Es ist zu wertvoll, um verschwendet zu werden!

Ich sammelte ich meine Sachen ein, stopfte alles irgendwie in meine Umhängetasche und kletterte mühsam die Böschung nach oben. Dann blickte ich mich noch einmal um.

Auf den Kämmen der kleinen Wellen des Flusses tanzten die Reflexe der ersten Strahlen der aufgehenden Sonne. Ein braunes Blatt wehte an mir vorüber, dann noch eines; ein drittes wurde hoch gewirbelt und sank dann nieder, landete sanft auf dem Wasser des Flusses und begann mit der Strömung zu treiben.

Würde es die Donau erreichen?

Nach Wien gelangen?

Ich konnte zu Mittag in Wien sein. Ich würde nicht dahin treiben. Ich würde auf ein Ziel zusteuern, das ich gewählt hatte. Nur ein schmaler Streifen Auwaldes trennte mich noch von meinem kleinen roten Auto, das mich in mein Leben bringen würde.

Ich wandte mich um, ging langsam den Weg, den ich mit Helene gekommen war, zurück durch den herbstlichen Wald, und als wären es Schneeflocken, tanzten die Blätter von den Bäumen herab.

Ich würde losfahren, ohne mich umzusehen.

*